Ulrich Schaffer
Einsam, nachts

Ulrich Schaffer

Einsam, nachts

Geschichten

Edition Schaffer im Kreuz Verlag

Quellennachweis:
Text Seite 6 mit freundlicher Genehmigung
des Claasen Verlages, 1960
aus: Marie Luise Kaschnitz, »Lange Schatten«.

Die Deutsche Bibliothek – CIP-Einheitsaufnahme

Schaffer, Ulrich:
Einsam, nachts : Geschichten / Ulrich Schaffer. – 1. Aufl. –
Stuttgart : Ed. Schaffer im Kreuz-Verl., 1994
ISBN 3-7831-1276-1

1 2 3 4 5 98 97 96 95 94

Postfach 80 06 69, 70506 Stuttgart, Tel.: 07 11/78 80 30
Umschlaggestaltung: Jürgen Reichert, Stuttgart,
unter Verwendung eines Aquarells von Friedrich Peter
Satz: Steffen Hahn GmbH, Kornwestheim
Schrift: Poppl-Pontifex
Druck und Bindung: Clausen & Bosse, Leck
ISBN 3 7831 1276 1

Inhalt

Wir könnten vom Essen sprechen oder vom Wetter, und es würde sich dabei herausstellen, daß wir eine unsterbliche Seele besitzen. Aber wenn wir so still bleiben, hat die Angst ein leichtes Spiel. Sie geht von einem aus oder von zweien, sie scheint ganz bestimmte Züge zu tragen, aber in Wirklichkeit ist es nur die Fremdheit, die um sich greift und alles verzerrt.

Marie Luise Kaschnitz

Einsam, nachts

Ich bin Witwe, keine lustige. Ich trage mein Schicksal. Ich bin erst vierzig. Mein Mann ist vor zwei Jahren an Leukämie gestorben. Es war ein stiller Tod. Manchmal spüre ich die Stille, die mit seinem Tod verbunden war, noch in unserer Wohnung.

Es war ein Abend gewesen wie andere Abende. Wie viele Abende, zu viele. Ich war zu meiner gewohnten Zeit zu Bett gegangen und gleich eingeschlafen. Es hatte nichts zu denken gegeben an diesem Abend, nichts in mein Tagebuch einzutragen. Ich schreibe Tagebuch, seit meine Therapeutin mir das vorgeschlagen hat. So werde ich manches von dem los, was ich nicht verarbeitet habe. Ich glaube auch, daß ich den Tod von Ernst so gut überwunden habe, weil ich Tagebuch schreibe.

Nach etwa einer Stunde – ich sehe auf meinem Wecker mit Leuchtziffern, daß es kurz vor Mitternacht ist – weckt mich ein Geräusch. Es kommt vom Wohnzimmer. Im Wohnzimmer lasse ich meistens Licht brennen, ich fühle mich so sicherer. Erst bin ich ganz erstarrt im Bett, aber dann weiß ich, daß ich aufstehen muß und nachsehen. Es ist kühl im Haus. Ich ziehe aber meine Hausschuhe nicht an und lasse meinen Morgenrock über dem Stuhl liegen, um kein Geräusch zu verursachen. Ich versuche ganz flach zu atmen, als könnte ich damit unbemerkt bleiben. Durch den Spalt der Schlafzimmertür kann ich ins

Wohnzimmer sehen. Dort steht ein junger Mann. Er wirkt finster, er trägt eine schwarze Lederjacke, und in seiner Hand hat er ein Messer.

Ich weiß, daß es mit mir zu Ende ist. Zum Schlafzimmertelefon werde ich es nicht schaffen und schon gar nicht die Polizeinummer wählen können, er wird mich hören und mich von hinten erstechen, alles um etwas bei mir zu rauben, das ich nicht habe. Ich bin arm. Ich stehe ganz still. Ich hoffe, daß mir etwas einfällt. Ich weiß nicht, warum es mich trifft, was habe ich getan, so heimgesucht zu werden? Ich warte. Der Einbrecher wartet. Vielleicht hat er mich schon gehört und lauert darauf, daß ich mich zeige. Ich erinnere mich, daß ich mir diese Situation manchmal vorgestellt habe, aber ich habe nicht geglaubt, daß es mir je passieren würde.

Als ich es nicht mehr aushalte, so zu warten, stoße ich die Tür auf. Er sieht mich an. Ich versuche, im Gesicht anders auszusehen, als ich mich fühle. Ich stelle fest, daß er keine Lederjacke trägt, es muß das Licht der Stehlampe auf seiner schwarzen Nylonjakke gewesen sein. Unsere Blicke begegnen sich, und ich halte seinem Blick stand.

»Entschuldigung, daß ich so bei Ihnen eingedrungen bin«, sagt er. Ich bin noch immer stumm, merke aber dabei, daß er nicht finster aussieht. Es muß meine Angst gewesen sein.

»Was wollen Sie?«

»Bitte sagen Sie du zu mir. Ich heiße Ernst.«

»Was wollen Sie?«

»Ich habe hier noch Licht gesehen.«

»Ich habe keine Wertsachen.« Schon als ich das sage, weiß ich, daß er kein Dieb ist, der nach Wertsachen sucht. Aber ich muß es sagen, weil der Gedanke in mir steckt und heraus muß, sonst werde ich die Angst nicht los.

»Ich will Sie nicht bestehlen.«

»Aber was wollen Sie denn?«

»Vielleicht fällt es Ihnen schwer, mir zu glauben, wenn ich Ihnen sage, daß ich sehr einsam bin. Ich habe es in meinem Zimmer nicht mehr ausgehalten. Ich mußte wieder einmal in einem Wohnzimmer stehen und mit einem Menschen reden. Da bin ich hereingekommen. Ihr Türschloß war so leicht aufzubrechen.« In seiner Hand hält er ein flaches Stück Metall, mit dem er das Schloß aufgestemmt hat.

»Darf ich mich setzen? Sie brauchen die Polizei nicht zu rufen. Aber ich kann auch wieder gehen.«

Ehe ich antworten kann, hat er sich auf den Sessel gesetzt. Ganz zufällig sitzt er so da, wie Ernst immer gesessen hat. So auf der Sessellehne, als wolle er sich nicht lange aufhalten, weil er noch viel zu arbeiten habe.

»Bleiben Sie«, höre ich mich sagen, und verstehe mich selbst nicht. Es ist, als wenn eine Not, die ich mir nicht eingestehe, diesen Satz formuliert. »Soll ich Ihnen einen Tee machen?« frage ich, und warte nicht auf seine Antwort, sondern gehe schräg durch das Wohnzimmer in die Küche und setze Wasser auf. Er ist wieder aufgestanden und folgt mir mit seinen Blicken. Ganz verstehe ich mich nicht, aber ich will die alten Muster in mir durchbrechen, auch wenn ich nicht genau weiß, was das heißt. Ich weiß nur, daß ich in der Situation gefangen bin.

Ich mache eine Kanne Tee und komme mit zwei Tassen auf dem Tablett ins Wohnzimmer zurück. Eine Tasse reiche ich ihm, ohne ihn dabei zu berühren oder mich berühren zu lassen. Als ich das Stövchen auf den Kaffeetisch stelle, hockt er sich auf den Boden und sieht in die Flamme unter der Kanne. Aus der Tülle der Kanne kommt Dampf. Einige Sekunden ist alles still, dann sagt er: »Jetzt könnte ich eigentlich gehen. So kann ich wieder etwas länger leben.«

Aber jetzt will ich nicht mehr, daß er geht. Mir ist, als wenn er wegen mir gekommen sei, wegen meiner Einsamkeit. Ich spüre seine Echtheit und meine Chance, ich weiß nicht wozu. Ich bitte ihn, zu bleiben und mir etwas aus seinem Leben zu erzählen.

»Meinen Sie das wirklich, und haben Sie keine Angst mehr vor mir?«

»Nein, ich habe keine Angst mehr vor Ihnen. Ich habe keine Angst mehr vor dir, Ernst.«

Da beginnt er zu erzählen. Manchmal höre ich hin und manchmal nicht. Er spricht von der Trennung seiner Eltern, von seiner Arbeit, die er nicht mehr machen will, und immer wieder von seiner Einsamkeit, die ihn anfällt wie ein körperlicher Schmerz. Dann muß er sein kleines Zimmer in einem Wohnblock verlassen und durch die Straßen ziehen. Und manchmal reicht das auch nicht aus, dann geht er einfach irgendwo hinein, wo das gelbliche, warme Licht aus Wohnzimmern zu ihm herausströmt. Bisher hat er immer irgendeine Entschuldigung gehabt, er müsse das Telefon gebrauchen, um einen Unfallwagen zu rufen, oder ähnlich Unglaubwürdiges, aber man hat ihn immer hinausgeworfen und ihm nur mit der Polizei gedroht, sie aber nie gerufen. Er ist dann auch immer gegangen. Bisher hat er es auch noch nie so spät versucht, aber heute hat er es einfach nicht mehr ausgehalten.

Ich höre und höre doch nicht. Ich weiß, was er sagt, ohne genau hinzuhören. Und ich bewundere seinen Mut, einfach einzubrechen, um mit jemandem zu reden. Ich schenke ihm Tee nach und mir auch. Er spricht weiter, und seine Augen werden immer lebendiger. Ich erinnere mich an Ernst und seine Begeisterung für das Leben. Als er um drei Uhr nachts geht, ist meine Wohnung nicht mehr so leer.

Am nächsten Tag habe ich beim Aufwachen überlegt, ob ich das alles geträumt habe. Aber auf dem Kaffeetisch standen noch die zwei Tassen und die Teekanne. Schon lange hatten da nicht zwei Tassen gestanden.

Die dunkle Figur

Erst hielt ich es für Zufall. In San Francisco, meiner Heimatstadt, hatte man mich zu einer Abendgesellschaft eingeladen. Ich erschien in einem neu geschneiderten schwarzen Hemd, das ich wie einen Bauernkittel über der Hose trug. Man hatte mich eingeladen, um etwas über meine neuen großformatigen »Bilder zur Menschheit« zu sagen. Auch wollte man gern wissen, woran ich sonst noch arbeitete – es war zu einer Zeit, als die großen Galerien in Rom, Florenz, Los Angeles, New York und München begannen, meine Bilder auszustellen. Es war auch der Monat, in dem in vielen bekannten Kunstzeitschriften entweder ein Interview mit mir oder eine Abhandlung über mich gedruckt wurde. Ich genoß meinen Erfolg, aber im stillen hoffte ich auf einen Durchbruch in einer anderen Weise. Ich ging also zu diesem Treffen. Es waren einige mir wohlgesonnene Kritiker da, sonst nur Maler und Studenten.

Ich ließ mich von dem Taxi vor der Tür absetzen, bezahlte und war im Begriff hineinzugehen, als ich plötzlich schräg hinter mir einen Mann entdeckte, der genauso gekleidet war wie ich. Bis in jedes Detail.

Als er mich sah, musterte er mich, schien aber nicht überrascht zu sein, sondern leicht lächelnd ließ er mich vorgehen und folgte mir dann in das Haus unseres Gastgebers. Man empfing mich mit viel Zuvorkommenheit, einige klatschten sogar, als ich in das große Wohnzimmer trat, worauf ich mich, um das Spiel fortzuführen, verneigte und den Star spielte. Ich weiß nicht, was in den Momenten mit dem Mann hinter mir geschah, ich habe mich nicht umgedreht. Bald darauf wurde ich von der kleinen Gruppe so in Gespräche verwickelt, daß ich nicht mehr an das seltsame Zusammentreffen vor dem Haus dachte. Erst als ich nach etwa einer Stunde aufstand, um mich zu strecken, und mich dabei im Kreis umdrehte, sah ich, daß mein Doppelgänger offensichtlich die ganze Zeit in einer Nische hinter mir gesessen hatte. Als ich auf ihn zugehen wollte, um ihn kennenzulernen, wurde ich von einer jungen Frau festgehalten, die in diesem Moment ihre Chance wahrnahm, mich etwas ganz Persönliches zu fragen. Ich ging auf sie ein, und als unser Gespräch zu Ende war, war der Mann aus seiner Nische verschwunden. Ich habe ihn an dem Abend nicht mehr gesprochen. Beim Aufbruch fragte ich allerdings meinen Gastgeber, wer der Mann gewesen sei. Der war jedoch überrascht, weil er gedacht hatte, es handele sich um einen Freund, da wir zusammen gekommen waren. Am nächsten Tag rief ich meinen Schneider an und fragte ihn, ob er mein Hemd noch einmal geschneidert hätte, was er vehement verneinte.

Auch wenn die Sache mich zuerst nachdenklich stimmte, so hatte ich sie doch bald vergessen. Etwa sechs Monate später wurde ich durch einen Vorfall wieder an den Abend erinnert. Ich war in Glasgow, Schottland, zur Vorbereitung einer Ausstellung meiner Werke. Ich hatte mir am zweiten Morgen meines Besuches dort in einer kleinen Boutique einen neuen

Pullover gekauft, anthrazitfarben, von sehr feinen Mustern in Dunkelblau, Weinrot und Violett durchlaufen. Es war ein handgestricktes Einzelstück. Am Nachmittag ging ich in dem Pullover zur Galerie, die nur ein paar Minuten vom Hotel entfernt lag. Unterwegs kaufte ich mir eine Tageszeitung. Ich wollte sehen, wie die Galerie die Eröffnung der Ausstellung angekündigt hatte. Im Gehen blätterte ich die Zeitung durch und traf plötzlich auf ein Bild, auf dem der Mann von San Francisco zu sehen war. In einem Artikel über einen Vortrag zu Umweltfragen befand sich neben einem kleinen Bild des Referenten auch ein Bild von den Zuhörern, die zu dem Vortrag gekommen waren. Vor den Zuhörern war der Referent von hinten zu sehen, und in der ersten Reihe saß mein Mann aus San Francisco. Und er trug meinen Pullover.

Als ich wieder im Hotel war, rief ich die Zeitung an und erkundigte mich nach dem Fotografen des Bildes. Man verband mich mit dem Reporter, der auch gleichzeitig der Fotograf gewesen war, aber der konnte mir nichts über den Mann sagen.

Am nächsten Tag lief ich in Glasgow umher und merkte erst nach einiger Zeit, daß ich von der Hoffnung getrieben war, den Mann in meinem Pullover durch Zufall wieder zu treffen. Aber das geschah nicht. Ich bekam allerdings etwa zwei Wochen nach Beginn der Ausstellung in Glasgow einen kurzen Brief nach San Francisco, in dem ein Mann mir schrieb, daß er meine Bilder sehr schätze, daß sie ihm aber zu hell seien. Er schrieb, daß sie blaß auf ihn wirkten und nicht den Aussagen, die ich offensichtlich zu machen wünschte, entsprächen. Der Poststempel des Briefes war Glasgow. Ich kann bis heute nicht sagen warum, aber die Aussagen des Briefschreibers ließen mich sofort an meinen Doppelgänger denken.

Das waren die ersten beiden Begegnungen. Wie oft er mich inzwischen überrascht hat, kann ich nicht sagen. Selten trägt er meine Kleidung, da ich ihn inzwischen auch ohne diese mühelos wiedererkenne. Sogar seine Art, sich zu bewegen, ist mir vertraut. So erkenne ich ihn auch, wenn er nur als Schatten im Gegenlicht erscheint oder wenn ich ihn aus einem größeren Abstand sehe. Manchmal ist es spät abends, ich sehe ihn vor mir auf der Straße, er verschwindet um eine Ecke und ist weg. Einmal sah ich ihn vor mir, beobachtete, wie er anhielt und etwas auf eine Mauer legte. Als ich an die Stelle kam, fand ich dort meine Geldbörse, die ich früher am Abend verloren hatte. Bei all diesen Begegnungen gab es nie die Möglichkeit, miteinander zu reden. Immer wenn ich ihn sehe, spüre ich, daß er mich schon längst gesehen hat und Abstand hält. Ich kann ihn nicht überraschen. Das gibt mir das Gefühl, als wisse er genau, was ich vorhabe, und als kenne er mich wenigstens so gut wie ich mich selbst.

Als ich einmal mit einer mexikanischen Künstlerin, die mich in San Francisco besuchte, ganz spontan zum Essen ausging, sah ich ihn in einer schwach beleuchteten Ecke des Restaurants bei einem Glas Wein sitzen. Beinah hätte ich ihn gegrüßt, aber dann hätte ich meinem Gast erklären müssen, wer er sei. Er ging vor uns, und als wir später um die Rechnung baten, sagte mir der Kellner, daß der Herr in der Ecke diese bereits bezahlt habe. In den letzten zwei Jahren haben sich die Begegnungen so gehäuft, daß ich jetzt Zeiten erlebe, wo ich direkt auf ihn warte. Es ist fast so, daß ich die Begegnung mit ihm brauche.

Vor einigen Wochen habe ich ihn an meinem Frühstückstisch gesehen. Ich kam verschlafen in die Küche, sah ihn dort an meinem Platz sitzen, rieb mir die Augen, und als ich ganz wach war, war er verschwunden. Wenn ich male, spüre ich ihn nun fast immer unsichtbar neben mir. Ich habe ohnehin die Angewohnheit, leise mit mir selbst zu reden. Das habe ich nun ausgeweitet: Ich sage ihm, wie es mir geht, was ich vorhabe und was mich beschäftigt. Ich zeige ihm auch, was ich male, und frage ihn, ob ihm mein Konzept für ein Bild gefällt. Ich bekomme keine direkte Antwort, aber manchmal erlebe ich, daß ich einen Druck in eine gewisse Richtung in meinem Pinsel spüre, und in letzter Zeit gebe ich diesem Druck immer mehr nach. Ich habe das Empfinden, daß meine Bilder dadurch an Tiefe gewinnen. Ich male längere und dunklere Schatten und erziele dadurch eine stärkere Perspektive. Mir scheint, als wenn ich so den Rahmen des Bildes fast aufhebe. Meine neuen Bilder scheinen über den Rahmen hinauszureichen, und die Welt außerhalb des Rahmens scheint ihre Schatten bis in mein Bild zu werfen. Besonders wenn ich meine breiten Pinsel gebrauche, spüre ich wie nie zuvor, daß die Farbe in dem Moment, wo ich sie auf die gespannte Leinwand auftrage, lebendig ist. Sie ist nicht nur Farbe. Aus mir und durch den Pinsel fließt ein Leben, das ich nur ahne, auf die Leinwand. Manchmal ist mir, als hätte ich vorher eigentlich gar nicht richtig gemalt. Ich würde am liebsten meine alten Bilder zurückfordern und sie verstecken. Ihnen fehlt etwas, und ich möchte nicht, daß jeder diesen Mangel sieht. Aber ganz davon abgesehen, daß dies nicht geht, lerne ich, dazu zu stehen, daß ich früher so vordergründig und ohne Tiefe gemalt habe.

Seit etwa einem halben Jahr erscheint er nun auch auf meinen besonders dunklen Bildern. Ich habe es erst nicht gemerkt, aber ein wacher Kunstkritiker sprach mich darauf an. Er fragte, was denn die dunkle Figur auf meinen letzten Bildern zu bedeuten habe. Ich antwortete, daß ich nicht wisse, wovon er spreche. Er bat mich um die letzten Ausstellungskataloge und zeigte mir dann auf drei Abbildungen, deren Originale sich in verschiedenen Galerien befinden, die dunkle Figur. In der Tat, da war der Mann – schwebend in einem dunklen Himmel, eingemauert in einer schwarzen Wand und treibend in einem schwarzroten Fluß. Nur ein gutes Auge kann die Farbnuancen wahrnehmen, die die Figur sichtbar machen. Für die meisten wird es einfach jeweils nur eine durchgehend dunkle Fläche sein. Sogar ich hatte es nicht bewußt gesehen. Ich weiß nun, daß er bis in mein Werk vorgedrungen ist, und ich bin froh darüber.

Für das nächste Jahr habe ich mir vorgenommen, ihn größer und noch sichtbarer zu malen, und weiß, daß dann in meinem Werk und auch in mir etwas ganz Besonderes passieren wird.

Die Rettung

Die Grenze war erreicht. Vor ihr war nur der Abgrund. Das Leben hatte sie fast immer gedrängt und bedrückt. So hatte sie es empfunden. Mit den Jahren hatte sie begriffen, auch wenn sie jetzt erst achtundzwanzig war, daß es eine Grenze gibt und daß von dieser Grenze an das Leben zerfällt, weil es nicht mehr möglich ist, die Würde aufrechtzuerhalten. Und ohne Würde gibt es kein wirkliches Leben. Nie hatte sie an den Tod als Flucht gedacht, auch nicht als Ausweg. Sie sah im Tod, auch im selbstgewählten, nur das Ende eines lebenswerten Lebens.

Wo aber ist die Grenze, hatte sie sich oft gefragt. Und gibt es eine allgemeine Grenze, eine, die für alle Menschen gleichermaßen gilt? Sie wußte es nicht und konzentrierte sich darum nur auf ihre eigene Grenze und auf ihre Verantwortung, diese Grenze nicht zu überschreiten.

Der Krebs war diagnostiziert. Sechs Monate hatte man ihr noch gegeben. Vier waren bereits vergangen. Die Schmerzen nahmen jeden Tag zu, die Kraft der schmerzstillenden Mittel nahm jeden Tag ab. Immer stärker bot sich der Weg in den ungeheuerlichen Mut an. Aber die Schmerzlosen machten es schwerer und schwerer. Die innere Freiheit, die sie sich schon vor der Krankheit erarbeitet hatte, verschwand unter dem Druck der Verwandten, Ärzte, und Gläubigen. Sie geriet ins Zweifeln. Noch spürte sie die Regeln, die das Leben ordnen, diese Krücken, die Menschen erfunden haben, um sich vor sich selbst zu schützen. Und dabei schützen sie sich auch vor ihrer eigenen Größe und Freiheit.

Da begann es in ihr zu beten, ein schreckliches, herrliches Gebet. Sie betete es selbst, und doch betete es auch in ihr, als richte sich Gott an sich selbst. Und so war es ein menschliches und doch ein göttliches Gebet, das schwer zu beten ist, weil es die Angst vor Gott durchstoßen muß, um zur Liebe zu finden.

Als sie das Gebet zu sprechen begann, zögerte alles an ihr, und hätte sie es zurückhalten können, dieses Lästergebet, diesen Schrei, den sie in völliger Klarheit ausstieß, sie hätte es sicherlich getan, weil sie Angst vor den Worten bekam, die aus einer Quelle in ihr flossen, die auch gleichzeitig außerhalb von ihr lag.

Sie sprach: Gott, Gott, Gott. Bist du es, den ich anrede, die ich anrede? Ich wähle dich als Frau, vielleicht bist du mir gnädiger, weil ich auch Frau bin. Du bist meine Mutter. In mir verlöscht das Leben. Es will nicht mehr, auch wenn ich noch will. In meinem Körper begannen die kleinen Tode, wurden größer, und jetzt kann ich sie nicht mehr zurückhalten. Sie toben sich in mir aus und bringen mich zu Fall. Mir fehlt es an Energie, mich gegen den Tod zu wehren. Ich sterbe an Energielosigkeit. Aber du weißt, daß ich in mir ein Bild vom Leben trage, das ich von dir habe. Früher habe ich nicht so genau gewußt, was Leben ist, aber jetzt weiß ich es sehr genau, seit ich spüre, daß mein Leben ausgeht. Ich trage nicht irgendein Leben in mir, sondern ein Leben voller Würde. Ich habe mir die Würde gegeben dadurch, daß ich gelebt habe und das Leben geliebt habe. Jetzt verliere ich dieses Leben, aber schon vorher verliere ich die Würde. Ich bin ein Knäuel von Schmerzen. Sie laufen durch den ganzen Körper. Ich kann nicht mehr unterscheiden, wo sie am stärksten sind. Manchmal meine ich, daß mein Arm abfällt, dann wieder spüre ich, daß mein Kopf platzt. Die Schmerzen wechseln. Sie schneiden, sind ein ungeheures scharfes Messer, dessen Schnitt ich immer nur verzögert spüre. Der Schnitt passiert, dann dauert es einige Sekunden, ehe der Körper sich eingesteht, daß er verletzt wurde. In diesen Sekunden verkrampft er sich, geht ganz auf Abwehr, macht sich klein und hart, aber es ist schon zu spät, der Schnitt ist passiert. Das sind die einen Schmerzen. Die anderen sind dumpf, groß wie Wellen, die ansteigen, ansteigen, immer weiter ansteigen und sich nicht brechen wollen und es auch nicht tun. Sie donnern durch den Körper, nehmen nichts wahr, sind nicht zu halten und nicht zu verdrängen. Sie sind nur ungeheuer und groß und dumpf. Dann gibt es die Schmerzen, die blitzartig den Körper durchziehen. Sie schlagen ein, sind plötzlich von irgendwo her da, fahren auf eine nicht zu bestimmende Weise durch Glieder und Organe und verlassen den Körper an einer immer wieder anderen Stelle. Sie sind blank und blitzend, aus poliertem Stahl und schneller als meine Gedanken, die versuchen, ihnen zu folgen. Manchmal sind sie elektrisch und steigern in ihrem Jagen durch den Körper ihre Spannung von Minute zu Minute. Sie schmerzen erst, nachdem sie vorbei sind, so stark und überraschend sind sie. Unter ihrer Heimsuchung löst sich jede Lebenslüge auf.

In den letzten Tagen treten diese Schmerzen, alle drei, immer häufiger zusammen auf. Es ist, als jagten sie einander durch den Körper, aber nicht nur durch den Körper. Die Grenze zu meiner Seele ist schon oft überschritten worden, aber noch nie so häufig wie in den letzten Tagen. Ich weiß jetzt, daß die Nervenenden, deren genaue Position in jedem Anatomiebuch nachzulesen ist, daß sie in meinem Fall alle, ausnahmslos, auch direkt in der Mitte meiner Seele enden. Die Schmerzen, die den Körper zerrütten, ihn schütteln und umherwerfen, sie genügen sich nicht mit der Verwüstung meines Bluts, meiner Knochen und meiner Organe, nein, sie greifen jetzt meine Seele direkt an. Die Einstellungen, die mir wichtig waren, zerfallen unter dem Ansturm der Schmerzen. Wie wilde Tiere zerren, reißen und zernagen sie meine Gefühle. Ich weiß nicht mehr genau, was Freude, Angst, Unruhe, Sehnsucht oder Ärger sind. Jedes meiner Gefühle wird langsam aber sicher durch Schmerz ersetzt. Das, was ich noch fühle, ist ein Durcheinander. Ich bin verunsichert und weiß nicht mehr, was ich fühle. Nur was den Schmerz betrifft, bin ich mir sicher, über seine Belagerung. Die, die mich besuchen, merken meine Desorientierung, aber sie verstehen nicht, daß es mir nicht hilft, wenn sie mir sagen, was ich fühle oder was ich fühlen darf und was ich nicht fühlen sollte. Sie können nicht ahnen, wie es ist, wenn man nur »falsch« oder nichts mehr fühlt. Sie müssen nicht auf dem Schlachtfeld meiner Seele leben.

In den letzten Tagen ist nun das passiert, dessentwegen ich dich überhaupt anrede. Die Schmerzen haben meinen Geist erreicht. Ich habe gelernt, daß mein Geist deine Gegenwart in meinem Leben ist. Schon lange weiß ich, daß mein Geist nicht meine Intelligenz ist, sondern deine Form in meinem Leben, oder die innerste und ureigenste Form meines Lebens. Wie eine Festung hat mein Ich bisher allem widerstanden, aber jetzt wird es angreifbar. Weißt du wovon ich rede? Verstehst du das? Du bist nicht unzerstörbar, ich spüre es. Ich kann die Schmerzen in mir nicht mehr von meinem Geist fernhalten. Wenn ich nur einen kurzen Moment wegblicke, stürzen sich die Schmerzen schon auf dich in mir, auf meinen Kern, und beginnen, dich zu reißen. Es hilft mir nicht, zu glauben, daß du auch außerhalb von mir bist. Das weiß ich nicht, das glaube ich nur. Was ich weiß, ist nur, daß du in mir lebst, und gerade das ist jetzt gefährdet. Du schwebst in Lebensgefahr. Dieser Kern ist aber das Kostbarste, was ich besitze, und darum habe ich mich entschlossen, ihn zu retten. Ich werde dich vor den Schmerzen in mir retten. Ich will nicht, daß du verwüstet wirst. Es fällt mir nicht leicht, aber es ist keine Tat der Angst, keine Flucht, kein Kurzschluß. Ich weiß, daß meine Göttlichkeit hier auf dem Spiel steht. Ich könnte sie verlieren, und würde ich sie wiedergewinnen? Ich schulde es dir und mir, sie nicht aufzugeben. Mein Kampf wird es sein, mich durch den Tod vor der glänzenden Zerstörung durch die Schmerzen zu retten. Indem ich mich töte, rette ich mich und dich. Viele werden es nicht verstehen, aber das stört mich jetzt nicht mehr. Sie werden von Selbstmord reden. Es ist kein Mord, weil es eine Tat der Erhaltung ist. Es ist die Rettung meines Kerns. Ich erhalte das Leben und bringe die Schmerzen um ihre scheinbar sichere

Beute. Nie habe ich gedacht, daß ich mich mit dem Tod verbünden würde, um Leben zu erhalten. Aber jetzt ist es soweit. Der Tod wird ein Engel sein. Ich werde die Tabletten wie Oblaten schlucken. Es schmerzt mich, daß ich es allein tun werde, aber ich will die anderen nicht mit hineinziehen in meinen Kampf. Vielleicht würden sie es auch nicht verstehen. Ihr Bild von dir steht ihnen im Wege. Wie könnte es auch anders sein, weil du in ihrem Leben nicht gefährdet bist und es vielleicht auch nie sein wirst. So bin ich in dem größten Kampf meines Lebens allein, niemand steht mir zur Seite. Aber vielleicht muß es so sein.

Ich weiß, daß das Leben durch den Tod erhalten wird. Das habe ich mein Leben lang gelernt. Jetzt handele ich danach. Kannst du mich so sehen und verstehen? Meinen Geist befehle ich in deine Hände. Von meinem sterblichen Körper und von meiner sterblichen Seele ist nicht mehr viel übriggeblieben. Nur meinen Geist bewahre ich vor der Zerstörung. Nimm das an mir, was du bist, verständnisvoll auf. Ich befehle dich in mir in deine Hände und nehme dich in mir selbst in die Hände. Ich wage es, all das zu sein, was du in mich hineingelegt hast. Und zum letzten Mal in diesem Leben feiere ich meine Herrlichkeit. Wunderbar bin ich gemacht, und herrlich habe ich mich entwickelt. Und jetzt, genau in dem Moment, wo sich alles zu schließen scheint, wo ich nicht mehr bin als eine ausgehende Kerze, da flackere ich noch einmal auf, bin größer in meinem Tod, als ich je im Leben war, entdecke mich als das Herz meines Mutes, als das Glück in der Erschütterung und als die Freiheit, die im Tod grenzenlos ist.

Das zweite Gedeck

Mein Kollege hat einen freien Tag. Da ich aber dringend eine Auskunft von ihm brauche, versuche ich, ihn am Telefon zu erreichen. Als immer besetzt ist, entschließe ich mich, auf dem Weg zur Arbeit bei ihm vorbeizufahren. Er wohnt allein, seit seine Frau vor einem Jahr tödlich verunglückt ist.

Als ich keine Antwort auf mein vorsichtiges Klopfen höre, schiebe ich die Tür auf, die nur angelehnt ist, und trete ein. Ich rufe seinen Namen und höre aus der Küche die Aufforderung hereinzukommen.

Aus irgendeinem Grund fällt mein erster Blick auf ein zweites Gedeck auf dem Frühstückstisch. Schön ordentlich stehen da eine Kaffetasse mit Untertasse, ein Teller, und daneben liegen ein Kaffeelöffel und ein Messer.

»Du hast Besuch, ich will euch nicht stören, ich gehe sofort.«

»Nein«, sagt er bestimmt, und doch stehen wir beide neben dem Tisch mit zwei Gedecken.

»Entschuldige, daß ich gefragt habe«, versuche ich die Sache zu retten. »Das geht mich doch nichts an.«

»Aber du darfst doch fragen«, wendet er ein.

Ich bringe den Grund meines Besuchs vor. Wir sprechen ein paar Minuten, und ich bekomme die Auskunft, die ich brauche. Während unseres Gesprächs fällt mein Blick auf sein Telefon. Der Hörer liegt auf einem Kissen neben der Gabel. Ich habe das Telefon nicht bewußt gesucht, aber als ich es sehe, muß er es in meinen Augen bemerkt haben.

Er sagt: »Ach ja, das Telefon ist schon abgelegt, das mache ich manchmal.«

Auch das ist mir peinlich. Es ist mir, als würde ich in seinen privaten Innenraum eindringen. Schon während unseres kurzen Gesprächs werde ich das zweite Gedeck zwischen allen Worten und dem verbindenden Schweigen nicht los, und jetzt kommt das Telefon dazu. Es fällt mir schwer, mich zu konzentrieren. Ihm scheint es ähnlich zu gehen.

Als ich gerade gehen will, bittet er mich, noch einen Augenblick zu bleiben. Ich spüre, daß er mir das zweite Gedeck und das Telefon erklären will, und sage darum: »Du, fühle dich bitte nicht verpflichtet, mir etwas zu erklären. Das ist deine Sache.«

»Aber ich möchte es gern, es soll deine Sache werden.« Er macht es sich gemütlich und beginnt.

»Für mich war das Schönste am Tag immer das gemeinsame Frühstück mit meiner Frau. Ich habe meistens den Kaffee gemacht, sie hat den Tisch gedeckt, hier für mich, dort für sich selbst. Im Winter haben wir manchmal das Licht gar nicht angemacht, sondern eine Kerze auf den Frühstückstisch gestellt. Ich habe immer den Geruch von Kaffee genossen. Am Morgen, wenn es noch keine anderen Gerüche im Haus gibt, riecht man den Kaffee besonders deutlich. Manchmal haben wir überhaupt nicht geredet, wir haben uns mit Zeichensprache verständigt. Einmal, ich weiß es noch genau, haben wir so getan, als wären wir zwei Fremde, die in einem Hotel in einem fremden Land am gleichen Frühstückstisch sitzen.

Einige Minuten lang konnten wir es durchhalten. Wir versuchten uns kennenzulernen, wurden einander dabei immer fremder, beängstigend fremd, und hörten dann mit dem ernsten Spiel auf, weil uns nicht wohl dabei war.

Oft haben wir den Tag begonnen, als wäre es unser letzter, jede Handlung wurde dadurch eine Kostbarkeit. Es war die letzte Tasse Kaffee, das letzte Ei, das letzte Mal, daß ich ihr in die Augen sah, das letzte Mal, daß sich unsere Füße unter dem Tisch begegneten, das letzte Mal die Post auf dem Tisch, die sie mit ihrem Messer aufschlitzte, nachdem sie die Marmelade mit der Zunge abgeleckt hatte, und ich sagte ab und zu: Aber schneid' dich nicht. Das letzte Mal zu spüren, wie die Wohnung langsam warm wird, und im Frühling dann die Vögel vor dem Fenster zu hören, auch zum letzten Mal.

An dem Morgen als es das letzte Mal war, haben wir es auch geübt, aber wir haben nicht gewußt, was wir taten. Wir haben gelacht, und ich bin ins Büro gefahren. Ich übe es manchmal noch und kann es nur, wenn ich das zweite Gedeck mir gegenüber sehe und das Telefon abhänge, damit mich niemand unterbricht. Ich weiß, daß das alles vorbei ist, ich will es auch nicht festhalten. Aber es verbindet mich noch mit ihr und wirkt heilend auf mich. Es ist mir eine heilige Erinnerung. Ich bin reich, das alles erlebt zu haben.«

Während er erzählt, wächst eine Ehrfurcht vor diesem zweiten Gedeck in mir. Ich ahne etwas von dem, was hier jahrelang passiert ist, bis es eines Tages plötzlich nicht mehr möglich war.

Unser Haus im Osten

Bei uns hieß es immer nur »unser Haus im Osten«, wenn wir überhaupt darüber sprachen. Das Haus war für mich sehr weit weg und gehörte einer anderen Zeit an. Darum habe ich es nie besucht, auch wenn mich ein Geheimnis mit ihm verband. Andererseits war mir das Haus sehr nah, weil es für eine ganze Welt stand, die ich verloren hatte. Da ich Bilder von dem Haus und mir als Kind habe, konnte ich immer wieder die Beziehung zu der Vergangenheit aufnehmen und in die Welt meiner Kindheit eintauchen. Auf einem Bild feiere ich meinen vierten Geburtstag, kurz vor Ausbruch des Zweiten Weltkrieges. Ein glückliches Kind sieht mir entgegen. Mutter steht hinter mir, hochschwanger mit meiner Schwester. Mein Bruder war noch nicht geboren, aber auf späteren Bildern ist auch er häufig zu sehen. Durch die Bilder ist das Haus immer eine Wirklichkeit in uns geblieben.

Schon bald nach dem Fall der Mauer kramte mein Mann Dieter eines Abends alle alten Bilder hervor, die mit dem Haus im Osten zu tun hatten. Er begann sich zu begeistern bei dem Gedanken, das Haus jetzt zu besuchen und es eventuell zu besitzen. Noch einmal fragte er mich nach der Größe. Ich hatte es ihm schon öfter gesagt, aber er vergaß es immer wieder. Jetzt, da alles viel näher lag, pfiff er durch die Zähne, als ich erwähnte, daß jedes von uns drei

Kindern ein eigenes Zimmer gehabt habe, dazu dann noch ein Gästezimmer, in dem damals meine Großeltern wohnten, sowie natürlich Wohnzimmer, Eßzimmer, Bad und Abstellkammer. »Irmgard, wenn wir warten, bis die Preise in den neuen Bundesländern ordentlich gestiegen sind, und dann das Haus verkaufen, haben wir echt was, womit wir uns einen guten Lebensabend machen können.«

Ich merkte gleich, wie mich etwas daran störte. Das war mein Elternhaus, das war nicht etwas, womit man handelte. Da mir selbst noch nicht klar war, was ich tun würde, sagte ich weiter nichts, hoffte aber, daß Dieter begriff, daß ich anders an das Haus dachte. Ich merkte, daß ich das Haus möglichst bald wiedersehen wollte, aber allein.

Ein paar Tage später war ich unterwegs. Ich fuhr mit dem Auto, ich wollte frei sein. Ich kam am Nachmittag in der mittelgroßen Stadt an, nahm mir ein Hotelzimmer und bereitete mich innerlich vor auf das Wiedersehen mit dem Haus, das mir soviel bedeutet hatte. An dem Abend im Hotelzimmer ging mir neu auf, daß ich das Haus als meine Heimat ansah. Obwohl ich erst neun Jahre alt war, als wir es endgültig verließen, waren diese ersten Jahre doch die, die mich am tiefsten geprägt hatten. In dem Haus entstand meine Grundhaltung zum Leben, ein Vertrauen und eine Treue zu denen, mit denen ich dort wohnte. Ich sah mir im Hotelzimmer die Bilder des Hauses noch einmal an: Mein Zimmer mit Mautz, unserer Katze, auf meinem Bett, die Wohnstube mit dem Klavier, das gestellte Bild meiner Großeltern bei ihrem vierzigjährigen Hochzeitsjubiläum, auf der Chaiselongue, wie sie die Couch im Wohnzimmer immer nannten.

Am Vorabend der neuen Begegnung mit dem Haus verstand ich plötzlich auch, was mich als junges Mädchen in den ersten Jahren nach dem Krieg so unruhig gemacht hatte und wie ich ständig auf der Suche nach etwas war, ohne zu wissen, was ich suchte. Mit der Flucht aus der Welt, die trotz des Krieges, trotz der Bomben, trotz der Zerstörung heil gewesen war, hatte ich meine Kindheit verloren, obwohl ich damals erst neun Jahre alt war. Ich habe sie nie wiedergewonnen, und manchmal fühle ich mich auch jetzt noch, als spielte ich nur die Rolle eines Erwachsenen. Ich, eine Frau von vierundfünfzig, spiele sie so gut ich kann, aber eigentlich stünden mir noch ein paar Jahre Kindheit zu. Ich weinte an dem Abend, wie ich schon lange nicht geweint hatte, weil ich mein Leben mit seinen Brüchen in einer Klarheit wie nie zuvor sah. Ich verstand neu, was auch für mich als kleines Mädchen Heimat bedeutet hatte: Zu wissen, hier gehöre ich hin, die anderen sind ein Teil von mir, und ich lebe in ihrem Schutz.

Spät am Abend verließ ich das Hotel und ging durch die Straßen der Stadt, ließ die Erinnerungen wiederkommen und spürte, wie die fast fünfzig Jahre zusammenschmolzen und ich wieder ein kleines Mädchen war, auf dem Weg zum Bäcker, der mich gerne in die Wange kniff. Ich sah mich beim Schuster, der immer ein Bonbon für mich hatte, wenn die Eltern es erlaubten. Ich erinnerte mich an unsere Sonntagnachmittagspaziergänge mit den Eltern, meine kleine Hand in Vaters großer. Es war ein Uhr morgens, als ich allein durch die Straßen zum Hotel zurückging. Ich fühlte mich gereinigt, als hätten die

Tränen, die mir auf der Straße noch kamen und die ich verstohlen wegwischte, mich gewaschen und als dürfte ich jetzt loslassen, was ich nicht in Worte kleiden konnte.

Als ich aufstand, war es neun Uhr, ich frühstückte, packte, bezahlte und ging. Ich nahm das Auto, um zu unserer Straße zu fahren. In ein paar Minuten war ich dort. Das erste Mal fuhr ich, fast ohne mein Tempo zu verringern, an dem Haus vorbei. Da war es – so wie ich es in Erinnerung hatte, nur kleiner, älter, abgenutzter. Ich sah niemanden, wendete ein paar hundert Meter weiter und kam wieder zurück. Plötzlich erinnerte ich mich an den Anblick des Hauses von dieser Seite: So hatte ich es jeden Tag gesehen, wenn ich von der Schule nach Hause kam. Ich wußte dann, daß Mutter auf mich wartete. Auch wenn sie viel zu tun hatte, war doch etwas Zeit, um mich zu drücken und ein paar Sätze von mir über die Schule zu hören. Vor mir überquerte eine Frau in meinem Alter mit einem Fahrrad die Straße, und ich mußte bremsen. Sie sah auf mein Autokennzeichen und lächelte mir zu. Ein paar Sekunden lang fuhren wir nebeneinander, bis ich sie überholte. Als ich diesmal am Haus vorbeikam, sah ich das Schild »Zimmer mit Frühstück«. Im Rückspiegel beobachtete ich, wie die Frau mit dem Fahrrad in *mein* Haus ging. Das war also eine Bewohnerin des Hauses. Wieder fuhr ich vorbei, hielt ein paar Straßen weiter und erholte mich.

Erst beim vierten Anlauf schaffte ich es, zu halten. Ich sah an der Gartenpforte das Schild »Siegfried Schmidtke« – da, wo unser Familienname gestanden hatte. Eine Klingel gab es nicht (wir hatten auch keine), und so klopfte ich. Ein Kind öffnete (das hätte ich vor fast fünfzig Jahren sein können), es war vielleicht sieben Jahre alt und rief, als es mich sah, nach der Mutter. Ein paar Sekunden später kam die Frau, die ich auf dem Fahrrad gesehen hatte. Auch sie erkannte mich wieder. Ich fragte, ob das Zimmer noch frei sei und daß ich es gern für eine Nacht hätte. Sie sagte, es sei noch frei, und fragte, ob ich es erst sehen wollte. Ich verneinte, und sie meinte, dann könne ich ja gleich meine Sachen hereinbringen, wenn ich wollte.

Es ging alles so schnell, und ich hatte Mühe, mitzuhalten. Aber ich wollte mich nicht verraten. Ich ging zum Auto und holte meinen kleinen Koffer. Welches Zimmer würde ich bekommen? Ich vermutete, daß es unser altes Gästezimmer sein würde. Die Tochter, die mir die Tür geöffnet hatte, sie hieß Elke, kam mit zum Auto und blieb die ganze Zeit an meiner Seite. Dann ging die Frau voran, nicht zu unserem alten Gästezimmer, sondern direkt zu dem Zimmer, das ich als Kind bewohnt hatte. »Als wüßte sie, wer ich bin«, dachte ich.

»Möchten Sie zu Abend mit uns essen, oder haben Sie schon andere Pläne?« fragte die Frau. Ich mußte schnell überlegen.

»Ja, ich würde gern mit Ihnen zu Abend essen, wenn ich Ihnen nicht zu viel Mühe mache. Auf Ihrem Schild ist ja nur von Frühstück die Rede.«

»Ach, das müssen Sie nicht so genau nehmen. Die Idee für das Schild kommt von meiner Schwester, die zur Zeit in England ist – jetzt, wo wir auch reisen dürfen. Sie hat uns erzählt von den »Bed-and-Breakfast«-Übernachtungsmöglichkeiten und hat uns auch gleich das Schild gemalt. Aber unsere Gäste essen meistens auch eine warme Mahlzeit mit uns. Die nehmen wir abends ein, weil es uns allen besser paßt. Das wäre dann um sechs Uhr. Brauchen Sie sonst noch etwas?«

»Nein, danke.« Ich wollte nur noch in das Zimmer, wollte allein sein, weil mich alles überwältigte.

Im Zimmer setzte ich mich erstmal auf die Bettkante. Alles in mir wurde still. Ich konnte kaum atmen. Da stand noch die Kommode, wie damals. Das Bettgestell war gestrichen worden, aber es war noch dasselbe Bett. Ich stand auf und bewegte mich durch den Raum, der kleiner geworden zu sein schien. Plötzlich sah ich mich wieder als kleines Mädchen, und Bilder überfluteten mich in einer großen Stille und Wortlosigkeit. Ich verlor das Zeitempfinden und weiß nicht, wie lange ich dort so gesessen habe. Ich erlebte gleichzeitig Heilung und eine tiefe Wehmut. Ich hatte die Welt, aus der ich durch die Flucht gerissen worden war, wieder. Ich konnte das Kind, das ich immer noch war, mit der Erwachsenen, die ich auch war, zusammenbringen. Sie gaben sich hier die Hand. Und doch war dies nicht die Welt von damals. Alles war ganz anders. Die Welt von damals war unwiederbringlich. Es gab sie nur in meinem Kopf, in der Erinnerungsfähigkeit meiner Fingerspitzen, die ich über die Tapete laufen ließ, in meinen Füßen, die sich noch an die Schritte zwischen Bett und Schrank erinnerten, in meinen Augen, die die Wände nach Bekanntem abtasteten.

Dann ging ich in die kleine Stadt, um mir anzusehen, was sich dort verändert hatte. Es war mir, als reiste ich in die Vergangenheit, und doch war ich eine Fremde hier. Ich sah mit den Augen eines Kindes und stieß dabei doch immer an die Welt von heute. Und dann wiederum stieß ich mit den Augen einer Vierundfünfzigjährigen immer wieder an die Welt des Kindes an. Ich empfand es als schmerzlich und war doch zugleich glücklich, daß es nicht möglich war, in die Jahre meiner Kindheit zurückzugelangen.

Zum Abendessen war ich wieder zurück. Es war lebendig. Alle waren da, Vater und Mutter und die drei Kinder: zwölf, elf und dann die kleine Siebenjährige, die die Eltern eine Nachzüglerin und eine Überraschung nannten. Und mir genau gegenüber am Tisch saßen die Großeltern. Es wurde pausenlos gesprochen. Man wollte gern wissen, wo ich in der Bundesrepublik wohne, warum ich hier sei, wie es mir gefalle und ob ich schon mal in Amerika gewesen sei. Der Zwölfjährige fragte mich, wie viel ein Bankangestellter im Westen verdiene und vieles mehr. Ich versuchte, alle Fragen zu beantworten, versuchte zu hören, was hinter den Fragen stand, und wich manchmal trickreich aus, besonders wenn es um meine Vergangenheit gehen sollte. Ich umging das Beantworten dieser Fragen geschickt, indem ich Gegenfragen stellte. So kam heraus, daß sie nur einige Wochen nach unserer Flucht in das Haus gezogen waren. Damals natürlich nur die Großeltern mit einer Tochter und einem Sohn. Es haben dann noch andere in dem Haus gewohnt, doch die seien dann später in den Westen übergesiedelt, als das noch gut ging. Der Sohn ist dann später nach Halle gezogen.

»Aber wissen Sie, wir wollten dieses Haus nicht

verlassen, weil es unsere Heimat geworden war. Als ich später heiratete, bestand ich darauf, daß meine Eltern bei mir und meinem Mann blieben. Zwischendurch wohnten noch Nichten und Neffen hier. Aber das wird Sie alles nicht so interessieren. Wir reden so viel von uns.«

»Aber nein, ich finde es interessant, wie Sie sich als Familie in diesem Haus eingerichtet haben und sich hier wohl fühlen.

»Ja, das tun wir wirklich. Nur in letzter Zeit machen wir uns viel Sorgen, weil ja irgendwann jemand kommen kann, um Rechte an dem Haus anzumelden. Unlängst haben wir von einem jungen Mann gehört, der extra aus Australien angereist kam, weil er von seinem Großvater gehört hatte, daß er hier noch Besitz habe. Er sprach noch nicht einmal richtig Deutsch.«

So lief das Gespräch weiter, und ich lernte die Familie immer besser kennen. Die beiden Jungen zeigten mir ihre Zimmer, und die Kleine schleppte mich auch noch in das Zimmer der Großeltern, die nicht so recht wußten, was sie mit mir anfangen sollten. Überall spürte ich Herzlichkeit und den Stolz über das Geschaffene im Leben dieser Menschen. Schon vor Ende des Abends war es mir klar, daß dieses Haus mir nicht mehr gehörte. Fünfundvierzig Jahre lang hatte diese Familie es beseelt und belebt. Ihr Geist bewohnte dieses Haus, so wie einmal der Geist unserer Familie hier gewohnt hatte. Aber wie sollte ich ihnen sagen, was ich empfand und dachte?

Es war schon neun Uhr, als ich endlich alles gesehen hatte, was man mir unbedingt zeigen wollte. Manches ließ schmerzhafte Erinnerungen in mir wach werden. Ich erkannte einzelne Möbel wieder und verband mit ihnen Geschichten, die aus einer anderen Welt stammten. Immer wieder sah ich mich als Kind in diesem Haus. Ich ging in mein Zimmer und legte mich auf das Bett, aufgewühlt und doch glücklich. Im Haus wurde es stiller. Kinder und Großeltern waren sicherlich schon im Bett, und die Eltern gingen noch ihren Beschäftigungen nach. »So wie bei uns damals«, dachte ich, »so wie bei uns. Es hat sich nichts geändert, nur die Namen sind anders, und ein halbes Jahrhundert ist vergangen.« Und doch war alles anders. Gewaltige Systeme waren gekommen und wieder gegangen und hatten Millionen von Toten hinter sich gelassen. Nichts würde je wieder so sein, wie es vor fünfzig Jahren war.

So in Gedanken versunken fiel mir plötzlich wieder Esther ein. Esther war meine liebste Spielgefährtin von meinem dritten Lebensjahr an. Sie war ein Jahr älter als ich. Eines Tages kam sie sehr aufgeregt zu mir. Sie hatte eine Puppe in ein Stück Stoff eingewickelt und gab sie mir. Sie bat mich, sie zu verstekken und zu beschützen. Es sollte unser Geheimnis sein. Sie sagte, sie müsse jetzt fort und käme irgendwann wieder, um sich die Puppe bei mir abzuholen. Dort, wo sie hinginge, dürfe sie keine Puppen mitnehmen. Ich versprach ihr, die Puppe zu beschützen, und nahm sie in mein Zimmer. Es war mir ein heiliges Versprechen. Als wir dann später fliehen mußten, konnte ich weder meine eigenen Puppen noch die von Esther mitnehmen.

Ich merkte, daß ich zitterte, so gegenwärtig war mir plötzlich wieder die Zeit von damals, die kurzen Besuche von Vater in Uniform, die Unruhe, die Soldaten, die Bomben, Aufbruch, Flucht und Heimatlosigkeit. Es war, als erlebte ich es in wenigen Minuten noch einmal, als wäre keine Zeit vergangen. Schon oft hatte ich überlegt, was wohl mit Esther geschehen war. Jetzt, hier in der Ruhe und Sicherheit dieses Hauses, wußte ich es plötzlich, ich weiß nicht woher: Esther war mit Tausenden von anderen Kindern, die Judith und David, aber auch Franz und Friedrich hießen, nie mehr zurückgekommen. Rückblickend wurde mir alles klar. Esther, ihr kleiner Bruder, die Eltern und der Großvater, sie alle waren abtransportiert worden und als Rauch in einen schrecklichen deutschen Himmel aufgestiegen. Esther, liebe Esther, was würde ich jetzt geben, um dich wiederzusehen. Wo bist du, Esther? Und wo bin ich? Ach, Esther.

In meinen Kleidern war ich auf dem Bett eingeschlafen. Mitten in der Nacht, es mag zwei Uhr gewesen sein, erwachte ich und ging zur Toilette, die am anderen Ende der Wohnung lag. Auf dem Weg kam ich an dem Fenster vorbei, von dem aus man den Garten hinter dem Haus sehen konnte. Es war fast Vollmond, und ein blauweißes Licht lag auf dem Garten und den Nachbarhäusern. Hinter dem Haus stand auch der Birnbaum, auf den ich als kleines Mädchen oft geklettert war. Gedankenversunken stand ich lange still. Ich fuhr mit meinen Händen über die Vitrine, die im Flur stand, ich atmete tief ein und gelangte so fast zurück in die Kindesjahre. In der Stille hörte ich auch unsere alte Standuhr, die es jetzt nicht mehr hier gab. Da hörte ich ein Geräusch hinter mir, und als ich mich umdrehte, sah ich die Mutter aus dem Elternschlafzimmer sehen. Ich glaube, sie hatte mich schon lange beobachtet. Sie trat zu mir heraus und fragte mich, ob alles in Ordnung sei.

»Ja, ja, entschuldigen Sie bitte, wenn ich Sie gestört habe. Ich habe nur die Nacht in Ihrem Haus genossen, den Mond, den Birnbaum hinterm Haus, das Wissen um Ihre schlafenden Kinder. Halten Sie diese Erinnerungen fest, verlieren Sie sie nicht.«

Sie sah mich etwas überrascht an, aber dann lief eine Art Erkennen über ihr Gesicht.

»Ich glaube, ich weiß, was Sie meinen. Es ist etwas Kostbares, wenn alle so zusammen sein können.« Sie legte einen Arm sanft um meine Schultern, und so standen wir noch einige Minuten, ehe wir uns trennten. Ich schlief tief und traumlos und wachte glücklich auf. Ich wußte, was ich zu tun hatte, egal was meine Geschwister dazu sagen würden.

Beim Frühstück konnte ich die Wohnung und den Garten noch einmal bei anderem Licht sehen. Dann begann es zu regnen, und ich packte meinen Koffer und verabschiedete mich. Man wollte mir die Adresse noch mitgeben, aber ich sagte, daß ich sie so behalten könne.

Ganz erfüllt von dem Besuch fuhr ich nach Hause. Meine Entscheidung stand fest. Von meinen Verwandten erwartete ich nicht viel Einwände, und mit den Behörden würde ich schon fertig werden, auch wenn es Jahre dauern sollte, bis alles rechtlich geklärt war. Für mich ist jetzt nichts so wichtig, wie dieser Familie zu ermöglichen, in dem Haus zu bleiben. Ich werde alles dafür einsetzen.

Ich selbst merke, wie mich die Tat befreit. Das, was ich einmal verlor, kann ich jetzt anderen erhalten. So schließt sich der Kreis, und ein Stück meiner Vergangenheit kann heil werden.

Die Landschaft der Seele von Vera F.

Liebe Kollegen,

schon lange war ich, Psychotherapeut seit nun fast dreißig Jahren, der Meinung, daß es möglich sein müßte, die Psyche eines Menschen so direkt zu untersuchen, wie man den Körper untersuchen kann, also zur Anatomie des Körpers eine Entsprechung im Bereich der Seele zu finden. Dabei war mir von Anfang an klar, daß das eigentliche Betreten oder Berühren der Seele das Schwierigste sein würde. Es galt ja, Zugang zur Seele zu finden und nicht in sie einzubrechen. Ich wußte intuitiv, daß, wenn ich erst mal diesen Einlaß gefunden hatte, sich alles andere ergeben würde. Der Eintritt war das Problem.

In meinen Gedanken gebrauchte ich ein Modell, mit dem ich arbeitete. Ich habe vor Jahren den Science-fiction-Spielfilm *Fantastic Journey* (»Phantastische Reise«) gesehen. Wie Sie vielleicht wissen, wird in dem Film ein Unterseeboot mit seiner Besatzung auf winzige Proportionen geschrumpft und in die Blutbahn eines Patienten injiziert. Aufgabe der Mannschaft ist es, sich mit diesem Unterseeboot über die Blutbahnen bis zum Gehirn des Patienten, der ein wichtiger Wissenschaftler ist, vorzuarbeiten, um dort mit einem Laser-Strahl ein Blutgerinnsel aufzulösen, und ihn damit vor dem Tod zu retten. »Was wäre die Entsprechung hierzu im seelischen Bereich«, fragte ich mich immer wieder.

Jahrelang hatte ich dieses Modell im Kopf, wenn ich mit meinen Klienten arbeitete. In meinen Überlegungen und Versuchen ging es mir lediglich darum, diesen »Injektionsmoment« irgendwie zu erreichen. Ethische Überlegungen spielten zu Beginn keine große Rolle, was nicht heißt, daß ich nicht sehr vorsichtig vorging.

Ich habe es lange mit Hypnose versucht und hatte da auch einige Erfolge. Ich erlebte einen sekundenlangen Einlaß, wurde dann aber durch eine fast reflexartige Reaktion des Patienten wieder »hinausgeworfen«. Der Mensch in der Hypnose verschließt sich ab einem gewissen Punkt wie ein Igel, der sich einrollt, wenn man ihn überraschend berührt. Der Klient ist zwar offen, was seine Vergangenheit und die Gegenwart betrifft, aber eine Wachheit, die ich brauchte, um aktiv eingelassen zu werden, fehlte. Kurz gesagt: Ich begriff, daß ich die Unterstützung des Patienten bei dieser Sache brauchte.

Ich versuchte es mit minimalen Mengen von LSD, aber dadurch geschahen Verschiebungen in der Psyche, die mir eher den Zugang verschlossen, als eröffneten. Es war mir einige Male so, als stünde ich in einem Moment vor einer Tür mit einem passenden Schlüssel, und im nächsten Moment war die Tür weitergerückt oder verschoben, so daß der Schlüssel wertlos war.

Ich benutzte auch eine Technik, die ich mit einigen Erfolgen an anderen Patienten angewandt habe, allerdings um andere Ziele zu erreichen. Es handelt sich da um das »Farb-Wort-Ton-Verfahren«, über das ich in einer Fachzeitschrift vor etwa zwei Jahren berichtet habe. Ich kombiniere eine bestimmte Farbe, in einem dunklen Raum auf eine große Leinwand projiziert, mit einer bestimmten Musik. Als Musik gebrauche ich alles von Gregorianik bis zu Kompositionen von Charles Ives und kurzen Passagen von Heavy Metal. Zur Farbe und Musik füge ich dann noch stark assoziative Worte hinzu, die der Klient vorher selbst auf Band gesprochen hat und die ich dann wiedergebe. Das Ganze ist eine Art Einladung an den Klienten, offen zu werden. Mir ist es so gelungen, auch sehr verschlossene Klienten zum Sprechen über sich selbst zu führen. Aber auch diese Art Offenheit war mir nicht genug. Die Landschaft der Seele wurde mir dadurch nicht zugänglich – ich fühlte mich immer noch wie ein Beobachter von draußen. Ich suchte weiter.

Der Durchbruch, der mich zu diesem Brief veranlaßt, kam, als ich eine Patientin hatte, die ein so starkes Mitgefühl in mir auslöste, wie ich es noch nie auch nur annähernd erlebt habe. Als sie zu mir kam, war sie fast lebensunfähig. Sie konnte nicht arbeiten, weil sie unter so starken Ängsten litt, daß sie keine Arbeitsstelle halten konnte. Ihre Beziehungen zur eigenen Familie wie auch zu Freunden scheiterten immer wieder an ihrer Angst, die sich oft in Anklammern und Besitzdenken ausdrückte. Sie hatte kein Selbstwertgefühl und konnte sich nicht vorstellen, daß jemand ihr zugetan sein könnte. Sie war übertrieben ordentlich und versuchte so wettzumachen, was ihr an Spontaneität fehlte. Diese Art zu leben hatte sie im Laufe der Jahre selbstmordgefährdet gemacht. Es war ihr unmöglich, an eine persönliche Veränderung zu glauben. Sie kam zu mir, weil eine Bekannte ihr berichtet hatte, daß ich fähig sei, Wunder zu vollbringen. Ich hatte dieser Bekannten mit einem massiven Problem helfen können, und Vera F., die neue Klientin, meinte nun, es könne nicht schaden, wenn sie es noch einmal – »ein letztes Mal«, wie sie sagte – versuchen würde. Ich nahm die Herausforderung an.

Wenn ich vorhin von Mitgefühl sprach, dann nicht im Sinne eines besonderen Hingezogenseins zu Vera F. Es war stärker das Gefühl, ja sogar das Wissen, daß ihre Gesundung an mir hing, daß ich der sei, der ihr helfen könne und müsse. Dieses Gefühl kenne ich in meinen sonstigen Therapien nicht. Ich weiß, daß ich jeweils nur ein kleiner Mosaikstein in dem Gesundungsprozeß eines Klienten bin. Aber das war diesmal anders, und darum beobachtete ich mich selbst in meiner Arbeit mit Vera F. besonders genau.

Im ersten Jahr versuchte ich es mit den mir geläufigen Therapieformen, aber nichts veränderte sich. Das, was sie sich für ihr Leben wünschte und was auch ich insgeheim für sie hoffte, schien weiter unerreichbar. Ihre Hoffnungslosigkeit nahm sogar noch zu, weil sie in mir ihre letzte Chance sah. Wiederholt schilderte sie mir in dieser Zeit, daß sie sich wie in einem Sarg liegend erlebe, und langsam aber sicher schließe sich der Sargdeckel über ihr. Ich hatte das Empfinden, daß ich in einem Wettrennen mit der Zeit lag. Würde es mir gelingen, Vera F. zu sich selbst zu führen, ehe sie die Hoffnung ganz für sich aufgab?

In dieser Zeit nahm ich keine neuen Klienten an, um mich noch stärker auf Vera F. konzentrieren zu können. Ich wollte mich noch mehr in sie eindenken, einfühlen, einleben. Manchmal, wenn ich ihr gegenübersaß, wollte ich nicht akzeptieren, daß es für sie keine Hilfe geben sollte. Ich wollte nicht wahrhaben, daß sie, wenn ich ihr nicht helfen könnte, sich wahrscheinlich in einigen Monaten das Leben nehmen würde. Und es half mir auch nicht zu wissen, daß meine Kollegen hier am Ort mich von jeder Schuld freisprechen würden.

Echte Fortschritte erlebte ich erst, als ich meine üblichen Methoden ganz hinter mir ließ, als ich also nicht mehr in erster Linie Therapeut war, sondern Mensch. Ein Mensch, der einem Menschen gegenübersitzt und sich selbst verletzbar macht. Ich weiß, daß sich das für einige von Ihnen wie das Übertreten der therapeutischen Grenzen anhört, aber das war es nicht. Äußerlich blieb ich weiter der Therapeut, verhielt mich, wie ich mich in Therapien immer verhalten hatte. Aber innerlich konzentrierte ich mich mehr und mehr auf das Erlernen der Mitmenschlichkeit. Ich war bereit, für diese Klientin neue Wege zu gehen, achtete aber darauf, sie dabei nicht zu gefährden und ihre Situation noch zu verschlechtern. Ich wußte, daß das, was ich vorhatte, nur so weit möglich sein würde, wie es mir tatsächlich gelingen würde, mich selbst in meinem Innersten zu verwandeln. Jedes »So-tun-als-Ob«, jedes therapeutische Mitgehen, jeder psychologische Trick, wäre er auch noch so gut gemeint, würde mich scheitern lassen. Nur mit einer größtmöglichen Ehrlichkeit würde mir der tiefe Kontakt gelingen und damit sich vielleicht eine Gesundungschance für Vera F. ergeben. So übte ich jeden Tag, Vera F. nicht mehr als Klientin zu sehen, sondern als Menschen und mich als Menschen neben ihr. Langsam, sehr langsam, gelang es mir.

Um dieses zu begünstigen, trafen wir uns dann nicht nur in meinem Sprechzimmer, sondern auch draußen, in Parks und an dem Fluß, der durch unsere Stadt fließt. Als ich dies vorschlug, spürte ich, daß ich es als einen Trick ansah, als eine Methode, und es dauerte einige Monate, ehe ich das ablegte. Auch bei ihr dauerte es einige Zeit, bis sie mir auch außerhalb der Wände meines Sprechzimmers vertraute. Als das Vertrauen hergestellt war, gingen wir oft am Fluß spazieren, und ich übte mit ihr eine Sache, die ich »Wassermeditation« nenne. An einer Schleuse, an der das Wasser etwas schneller fließt und sich dreht, bat ich sie wiederholt, alles andere zu vergessen und nur auf das Wasser zu lauschen und die Bilder, die sie im Wasser sähe, zu beschreiben. Erst zählte sie nur Substantive auf: Kreis, Apfel, Pferdekopf, erhobener Arm, Mutter. Dann getraute sie sich, die Bilder etwas mehr zu beschreiben. Zögernd kleidete sie in Worte, was bisher nur Bilder in ihr waren. Sie wurde mutiger und betrachtete das Ganze mehr und mehr als ein Spiel. Es entstanden größere Szenen mit Handlungen, die wiederum mit anderen Szenen verbunden wurden, bis schließlich ganze Gemälde aus Worten in der Luft erschienen. Dabei sah sie dann oft gar nicht mehr auf das Wasser, sondern war nach innen gerichtet, auf die Verwundungen und Träume, auf die Ausweglosigkeit und die Sehnsucht nach gehbaren Wegen. Ich brauchte sie dann nicht mehr viel zu steuern, sie fand sich selbst zurecht. Erstaunlich fand ich allerdings, daß sie in diesen Monaten trotzdem nicht mehr Mut für sich selbst gewann. Ihre Hoffnungslosigkeit hielt weiter an, und alles, was ich ihr entgegenbrachte und was sie in sich vorfand, schien sie nicht zu befreien von den alles überwältigenden Gedanken ihres eigenen Unwerts und Versagens.

In meiner Supervision besprach ich den Fall Vera F. nie. Ich hatte von Anfang an das Empfinden, daß ich damit allein sein mußte. Ich wollte nicht, daß mir jemand dazwischenredete, mich warnte, mir den Rat gab, daß ich mich nicht so tief hineinbegeben solle, oder mir gar Angst machte vor möglichen Konsequenzen. Je länger die Therapie dauerte, desto klarer wurde mir, daß die üblichen Therapiegrenzen hier nicht zutrafen. Ich wurde bereit, alles einzusetzen. Später sah ich, daß diese Einsicht ein wichtiger Moment in der ganzen Entwicklung war. Ich begriff, daß meine Bedingungslosigkeit im Verfolgen einer Heilung mit zu der Heilung gehörte.

Ich kann den Moment kaum beschreiben, als es dann passierte. Sie war zu einer zweistündigen Sitzung von zwei bis vier Uhr nachmittags in mein Sprechzimmer gekommen. Die erste Stunde war gut, aber nicht außergewöhnlich gelaufen. Irgendwann blickte ich auf die große Standuhr in meinem Zimmer und stellte fest, daß es eine Minute vor drei Uhr war – Zeit für eine kurze Pause. Aber ehe ich die Pause vorschlug, schweiften meine Gedanken und Augen für einen kurzen Augenblick ab. Dann sah ich wieder zurück zu ihr, konzentrierte mich, und unsere Augen trafen sich. Ich erlebte ein erschreckendes Weiten meines Blickes, als würde jemand die Begrenzung an der Peripherie meines Blickfeldes wegreißen. Im nächsten Moment sah ich in den vollen 180 Grad vor mir alles schärfer. In diesem Augenblick begriff ich etwas von der Verwandtschaft zwischen mir und meiner Klientin, das ich bis dahin nicht begriffen hatte. Bei allen Versuchen, Übungen und bei allem Verständnis, das ich für sie entwickelt hatte, gab es doch noch ganze Gebiete in mir, wo ich mich als Therapeut sah. Und sie war doch noch die Klientin. Aber in diesem Moment war das weg. Theoretisch hatte ich das ja schon lange geglaubt, und ich meinte, auch so in der Therapie mit Vera F. gehandelt zu haben. (Sie kennen vielleicht meinen Aufsatz in *Psychologie und Gegenwart* darüber. In »Über die innere Verwandtschaft zwischen Therapeut und Klient« habe ich behauptet, daß jeder Therapeut nur einem ganz kleinen Segment der Bevölkerung helfen kann, nämlich dem, der auf eine schwer definierbare Weise mit ihm verwandt ist. Daraus habe ich dann später den Kompatibilitätstest für Therapeut und Klient entwickelt.) Ich hatte dies, wie gesagt, theoretisch schon lange geglaubt, aber in dem Moment begriff ich es, sozusagen an meinem Kopf vorbei. Ich stand von meinem Stuhl auf, als müßte ich dieser neuen Einsicht irgendwie körperlich Ausdruck verleihen.

Im gleichen Moment sah ich dieses Weiten in Vera F. Es drückte sich in ihren Augen aus. In der Pupille gab es ein winziges Zucken, als wollte sich diese zusammenziehen, aber sie blieb offen. Genau in dem Moment geschah es. Ich war plötzlich drin. Ich erinnere mich noch, wie ich mich umdrehte und durch ihre Pupillen hinaussah und mich an meinem Stuhl stehen sah. Dann schlossen sich die Pupillen, und ich sah die Welt dahinter, die Außenwelt, nicht mehr. Ich war innen. Dann begann das Abenteuer, das ich nie vergessen werde.

Erst einmal drinnen, war ich befreit von aller *self-*

consciousness, dieses Sich-seiner-selbst-bewußt-Sein, in dem man linkisch und reflektiert handelt und oft genau das Falsche tut. Ich spürte meine Intuition in mir wachsen wie ein zusätzliches Wahrnehmungsorgan. Und ich entdeckte meinen Instinkt wieder wie einen Fremdling, mit dem ich mich erst anfreunden mußte. Ich war noch der Mensch, der ein paar Sekunden vorher im Sprechzimmer gesessen hatte, und doch war ich auch ein anderer. Ich konnte mich an alles erinnern, was in der Stunde davor geschehen war, aber hinzu kam eine neue Welt und besonders auch eine neue Wahrnehmung. Ich war mir bewußt, daß ich durch die Seele eines Menschen ging, fand aber an dem Gedanken nichts Seltsames. Ich fragte mich nur, warum Menschen das nicht schon lange vor mir getan hatten. Vielleicht hatten sie es ja getan, nur ich wußte nichts davon. Ich dachte an die Weisen, die Gurus, die Menschen mit besonderer Menschenkenntnis: Vielleicht hatten sie ja alle solche Wanderungen gemacht und hatten ihre besonderen Einsichten dadurch gewonnen.

Ich war also in einer richtigen Landschaft und begann loszugehen – durch die Seele von Vera F. Das erste, was ich wahrnahm, war ein großer, massiver, mannshoher Felsblock direkt vor mir. Ich tastete ihn mit meinen Augen ab, nahm ihn in mich auf und wußte intuitiv, was das war. In ein paar Schritten gelangte ich dorthin und berührte ihn. Er schien aus Granit zu sein. Es war ihre Angst vor mir. Der Felsblock war ihre Angst vor mir. An einer Stelle war ein Spalt in dem Felsen, in den legte ich meine rechte Hand, und in dem Moment verwandelte sich der Felsen und nahm Hautgefühl an. Ich streichelte die

Haut und spürte, daß meine Hand in ihrer Hand lag, in ihrer inneren Hand, sozusagen. Als ich den Felsen so berührte, bewegte er sich aus dem Weg. Ich hätte ihn mit meiner Kraft nie bewegen können. Wie ein großer Igel schob er sich beiseite und erlaubte mir weiterzugehen. Der ganze Vorgang war wie eine Initiation oder wie eine Prüfung. Danach wußte ich, daß ich da sein durfte. Ich hatte mich nicht hineingedrängt, sondern war eingelassen worden. Was ich in den darauffolgenden Tagen alles erlebte, läßt sich nicht in einem Brief berichten. Es war eine zauberhafte, bunte, mysteriöse und doch auch wieder so verständliche Welt, die mir begegnete. Ich möchte nur einige Ereignisse aus der Vielzahl herausgreifen.

Nach der Initiation begann ich durch eine hügelige Landschaft zu wandern, bis ich in ein Vorgebirge kam. Dort traf ich auf eine Wiese, die wie eine Alpenwiese wirkte und lebendig zu sein schien. Die Blumen auf ihr bewegten sich wie in einem milden Wind, aber als ich genauer hinsah, merkte ich, daß die Blumen wandern konnten. Erst war ich so von den Farben eingenommen, daß ich nur auf die einzelnen Blumen sah und sie identifizieren wollte. Dann aber trat ich ein paar Schritte zurück, um die ganze Wiese im Blick zu haben. Da merkte ich, daß die Blumen sich zu immer neuen Zeilen verbanden. Tausend blaue Blumen, die Lilien ähnelten, schrieben »Und ich versage doch« in das Gras. Dann traten große Gänseblümchen zusammen, und ich konnte lesen: »Die Verwundungen sind zu tief.« Mich erschütterte, daß diese Todesbotschaften in einem so wunderbaren Gewand einherkamen. Ich wußte auch, daß ich an den Botschaften nichts ändern konnte. Auch wenn ich die Blumen ausreißen würde, wäre ihre Botschaft doch nicht beseitigt.

Häufig traf ich auf Mandala-artige Formen am Weg. Es begann mit ganz einfachen Kreisen, denen aber immer ein Stück fehlte. Keiner der Kreise erlaubte das endlose Fließen im Kreis. Später wurden die Formen immer komplizierter. Ein Mandala hätte, wenn es ganz intakt gewesen wäre, 512 Spitzen gehabt, die aus einem äußeren Doppelkreis hervorstachen, in dem sich wiederum andere, kleinere Kreise mit weniger Spitzen befanden. Manchmal fehlte von den Spitzen auch keine einzige, aber dafür gab es dann kein heiles Zentrum in dem Mandala. Zerstört war der Kern, der den Spitzen ihre Energie gab. Die meisten waren aus Metall gearbeitet und wirkten sehr alt. Auf ein Mandala, das einen Durchmesser von drei Metern hatte, legte ich mich. Ich ließ mich von der Energie dieser Form durchströmen, spürte aber gleichzeitig starke Schmerzen im Rücken, die von den abgebrochenen Spitzen auszugehen schienen.

Die Abwesenheit von Menschen in der Landschaft insgesamt fiel mir auf. Große Landstriche waren ganz leer. Manchmal konnte ich zwar Menschen am Horizont sehen, aber ich begegnete ihnen nicht. Die wenigen Menschen, denen ich begegnet bin, gingen wortlos an mir vorbei, als nähmen sie mich nicht wahr. Auch wenn ich sie anredete, antworteten sie nicht. Der Wind, den ich oft spürte, schien dann Botschaften zu raunen und zu wehen, Botschaften der Heimatlosigkeit, der Furcht vor Menschen, Botschaften von Enttäuschung über Enttäuschung. Und immer wieder begriff ich dann, daß ich Vera F. ansah, die Landschaften ihrer Seele, den Ausdruck ihrer Ängste und Nöte.

In einer Landschaft sah ich ein Loch. Ein Teil des Himmels und der Erde fehlte einfach. Es sah so aus, als hätte jemand auf einem Gemälde ein Stück des Bildes einfach weiß übermalt. Es war nichts da, die Ränder des Loches waren ausgefranst, und das Auge wurde in das Nichts gezogen, auch wenn es sah, daß dahinter nichts war. Je länger ich es ansah, desto mehr breitete es sich aus. Schon nach einigen Minuten füllte es meinen Gesichtskreis und begann sich in den Bereich direkt über mir auszubreiten. Wolke um Wolke über mir wurde ausgelöscht, und rechts und links fielen Felsen, Wiesen, Bäume und Berge, entfernt und nah, dem Nichts anheim. Erst als ich meine Augen schloß, sah ich inwendig, wie die Landschaft heilte und das Verlorengegangene wieder erschien. Es wirkte wie ein Kampf zwischen Sein und Nichtsein.

Die Nächte hatten einen besonderen Charakter. Sie waren unendlich leer, als würde niemand in ihnen wohnen. Die Temperatur fiel manchmal unter Null. Auf kleinen Teichen bildete sich Eis, und die Erde wirkte, als würde sie bis zu ihrem Kern frieren. Sie fror auf den Tod zu, der auf allem zu liegen schien. Nachts konnte ich mir Wärme nicht mehr vorstellen, und ich konnte mich nicht an das Wort »Liebe« erinnern. Ich wußte, daß es ein Wort gab, in dem das ganze Leben zusammengefaßt war, aber ich wußte nicht mehr, wie dieses Wort lautete. Erst am Morgen fiel es mir wieder ein, und ich nahm mir vor, es bis zum Abend und die Nacht hindurch nicht zu vergessen. Aber als es wieder so undurchdringlich dunkel wurde, konnte ich mich nicht mehr erinnern. Auch wurde es so dunkel, daß nichts, wirklich nichts mehr zu sehen war. Es gab keine Quelle des Lichts. Ich erinnerte mich an alte Beschwörungsformeln der Prärieindianer, mit denen sie die Sonne herbeigebetet hatten. Diese sprach ich still vor mich hin, in der Hoffnung, so den nächsten Morgen zu erreichen.

Schon am zweiten Tag erlebte ich, was sich dann oft wiederholte, nämlich daß ich durch manche festen Objekte hindurchgehen konnte. Die imposantesten Felsen boten mir keinen Widerstand, und ich schritt durch sie hindurch wie ein Zauberer. Manchmal war mir auch angst dabei, so fest von Quarz und Fluorit umschlossen zu sein. Ich begriff, daß die Regeln, unter denen ich hier lebte, andere waren als die der Welt, die ich gewohnt war.

Das Dramatischste war die Überquerung eines Flusses, der von Krokodilen wimmelte. Ich wußte, daß ich den Fluß überqueren mußte. Ich wußte, daß es nötig war. »Nur so wird sich der Himmel öffnen«, sprach es in mir. Ich begab mich ins Wasser und begann zu schwimmen. Die Strömung nahm mich mit und trieb mich auf eine Ansammlung von Krokodilen zu. Noch konnte ich zurück, aber ich hörte den Satz wieder, und ich wollte, daß sich der Himmel öffnete. Es hatte irgend etwas mit Vera zu tun, mit einer Art Erlösung. Ich wagte es, und es gelang mir, an den Krokodilen vorbeizukommen, weil ich plötzlich gewaltig schwimmen konnte. Als ich mir dann etwas darauf einbilden wollte, daß ich es für Vera getan hatte, begriff ich, daß ich es doch eigentlich um meinetwillen getan hatte. Ich fühlte, daß sich mein Körper erneuert hatte. Meine Haut war dünner, empfindsamer geworden. Erst dann sah ich Vera am Ufer stehen und mir winken. Kaum war ich am anderen Ufer angekommen, versiegte der Strom, und auf dem Boden blieben keine Krokodile zurück, nur lehmiger Sand, durch den man problemlos laufen konnte.

Ich will Sie nicht langweilen mit Details, wie ich mich ernährt habe und wo ich übernachtet habe. Das sind nicht die wichtigen Dinge. Wichtig waren für mich die immer neuen Manifestationen dieser Seele. Immer wieder erschrak ich über ihre Komplexität und begriff nach und nach, daß die gesamte äußere Welt dieses Menschen ja auch innerlich noch einmal vorkam, und zwar in einer tausendfachen Überlagerung. Wenn wir durch eine Landschaft gehen, sehen wir nur diese Landschaft, zwar durch unsere ganz eigenen Augen, aber immer doch nur diese Landschaft. Sie mag uns an etwas erinnern, und dann mögen wir vor unseren geistigen Augen diese anderen Dinge, seien es Landschaften, Objekte oder Menschen, auch wahrnehmen. In dem Moment aber tritt dann die äußere Landschaft zurück. Wir sehen und erkennen entweder das eine oder das andere. Aber in der Psyche existieren diese Wirklichkeiten alle gleichzeitig und sind gleichzeitig sichtbar und zugänglich. Das innere Auge sieht und behält mehr als das äußere Auge. Als ich durch eine Landschaft ging, wirkte sie manchmal, als existiere eine Landschaft in einer anderen Landschaft, und diese beiden wiederum existierten in einer dritten. Geheimnisvoll schien eine Welt aus einer anderen hervorzugehen und in sie hinein zu münden. Dann wieder waren

Dinge so total durchsichtig, daß ich die Welt dahinter wahrnehmen konnte und manchmal Mühe hatte, die verschiedenen Ebenen voneinander zu trennen. Oder es war möglich, das Äußere einer Sache zu sehen und gleichzeitig das Innere. So sah ich eines Morgens einen storchartigen Vogel über den See fliegen, an dem ich übernachtet hatte. Ich sah seine Federn, aber gleichzeitig auch seinen Herzschlag, als wäre der ganze Vogel aus Glas. Ich mag darum seit meiner Reise kaum noch über »Wirklichkeit« reden, weil der Begriff durch das, was ich erlebt habe, relativiert worden ist, und es stellt sich mir immer wieder die Frage: Was ist denn wirklich wirklich?

Ich bin normalerweise kein Mensch, der Worte wie »Heiligkeit« viel gebraucht, aber ich kann nach diesen Erlebnissen nur von der »Heiligkeit der Person« sprechen. Die Welt, die mir dort begegnete, ist größer als alles, worauf mich die Psychotherapie vorbereitet hat. Jetzt, rückblickend, kommt es mir manchmal wie ein Verrat vor, davon zu reden, daß Menschen therapierbar oder gar nicht therapierbar seien. Mir scheint es so unpassend wie der Vergleich, den ich in meiner Ausbildung einige Male gehört habe: Der seelisch kranke Mensch ist wie eine Uhr, die nicht mehr richtig geht und die repariert werden muß, damit sie wieder richtig geht. Das empfinde ich jetzt als Verachtung und Verhöhnung des Menschen. Das ist nicht der Mensch, den ich auf der Reise durch Vera F. erlebt habe.

Vieles von dem, was mir begegnet ist, habe ich nicht verstanden, und ich scheue mich auch jetzt noch, es unbedingt verstehen zu müssen. Es ist eine ethische Frage geworden – ich will das Geheimnis dieser Person wahren, das Geheimnis, das auch gleichzeitig ihre Quelle der Kraft ist. Ich wollte Ihnen dieses mitteilen, weil ich mich zum ersten Mal in meiner dreißigjährigen Praxis zwar hilflos fühle, aber nicht darunter leide.

Zum Abschluß noch eine Beobachtung: Als ich wieder zurück war von dieser langen Reise, als ich sozusagen wieder durch Veras Pupillen ins Sprechzimmer trat, war es eine Zeitlang still, vielleicht zehn oder zwanzig Sekunden lang, und dann schlug die Uhr drei. Diese drei Schläge haben sich meiner Erinnerung unauslöschlich eingeprägt. Ich weiß darum, daß dieses ganze Unternehmen vielleicht nur dreißig Sekunden gedauert hat. Auch bemerkte ich, daß ich bei meiner Rückkehr einen Schritt von meinem Stuhl entfernt war. Ich hatte einen Schritt auf Vera zu gemacht. In der Woche war ich sicherlich mehr als hundert Kilometer gewandert. Diese hundert Kilometer waren ein Schritt. Die Woche war nur dreißig Sekunden lang gewesen. Was für eine riesige, schier unauslotbare Welt liegt noch verborgen vor mir in diesem Menschen!

Nach meiner Rückkehr sprachen Vera und ich noch eine Stunde, in der ich sicherlich oft nicht ganz konzentriert war. Als sie an dem Nachmittag ging, sagte sie mit mehr Betonung, als ich je von ihr gehört hatte: »Es ist, als wenn sich heute der Himmel ein kleines Stückchen geöffnet habe.« Sie verriet aber nicht, ob sie wußte, was geschehen war. Eine Woche später bekam ich von ihr eine Postkarte aus Venedig, auf der stand nur: »Ich war am Fluß der Krokodile.«

Wir machen mit unseren Sitzungen weiter. Ich habe Vera F. nichts von meinen Erlebnissen erzählt, aber ich weiß, daß ihr manches bewußt ist. Wir sind uns in diesem Erlebnis sehr nahe gekommen, aber andererseits ist auch der Abstand zwischen uns gewachsen. Ich habe die Heiligkeit ihrer Person wahrgenommen und werde diese mit meinem ganzen Einsatz wahren, auch vor mir selbst und meinen psychologischen Kenntnissen. Ich weiß, daß wir zwei getrennte Menschen sind, die sich zwar in der Tiefe begegnet sind, die aber ihre Leben in Getrenntheit voneinander leben müssen und es auch tun werden.

Bei den verschiedenen Erlebnissen und auch beim Schreiben dieses Briefes habe ich öfter an die unterschiedlichsten Kollegen gedacht und an ihren möglichen Einwand, ich hätte die Distanz zu dieser Klientin nicht gewahrt. Distanz war mir in all den Jahren meiner Praxis immer sehr wichtig. Vor einiger Zeit wurde ich zu zwei Verfahren hinzugezogen, bei denen Klienten ihre Therapeuten anklagten, sie mißbraucht zu haben. Ich weiß darum, wie zerstörerisch es sein kann, wenn eine gewisse Grenze überschritten wird. Bei einem der Fälle ging es um einen sehr subtilen Vertrauensbruch, der sich nicht sexuell ausdrückte, aber genauso verheerend war.

Dennoch glaube ich auch, daß es Therapeuten gibt, die wegen der Entgleisungen in diesem Bereich so viel Angst vor einem Fehler in dieser Richtung haben, daß sie sich sehr weit zurücknehmen und Gefahr laufen, in die andere Richtung falsch zu handeln. Sie setzen ihre Begabung, die in einer einfachen menschlichen Wärme liegen mag, nicht ein. Sie sind auf eine Weise sachlich, daß dem Klienten in ihrer Nähe ganz kalt wird. Ich habe selbst Erfahrung in dem Bereich. Als ich vor drei Jahren mit einem

Problem in der Nachbarstadt nach einem Psychotherapeuten suchte, traf ich auf Kollegen, bei denen ich mich sehr unwohl fühlte, eben weil sie »unmenschlich« wirkten. Es entstand kein »Raum«, keine Geborgenheit, in der ich sprechen konnte, und mit Erschrecken dachte ich an all die Menschen, die sich bei einer solchen Begegnung nicht trauen würden, dies zu beanstanden und den Therapeuten zu wechseln.

Ich habe vor zwei Jahren zu einem Sammelband über den Mißbrauch in der Therapie einen Artikel beigesteuert. Ich glaube, daß das Buch und andere ähnliche Bücher einen wichtigen Beitrag geleistet und Klienten Mut gemacht haben, sich zu wehren. Inzwischen glaube ich, daß ein Band über den »Mißbrauch durch Entzug der Menschlichkeit« durch Therapeuten ebenso wichtig wäre.

Ich will nun zum Ende kommen. Als ich diesen Brief begann, wollte ich Sie um Hilfe bitten, habe aber während des Schreibens schon gemerkt, daß es nicht nötig ist.

Michael Hauge

Liebe Margret,

wie Du siehst, war der lange Brief an meine Kollegen gerichtet. Als ich ihn begann, hatte ich noch Hoffnung, mit ihnen in ein Gespräch über meine Erlebnisse treten zu können. Schon im Laufe des Schreibens merkte ich, daß das eine zu hohe Erwartung war, und schließlich wußte ich, daß ich ihn nie abschicken würde. Die letzten Seiten habe ich innerlich schon nicht mehr wirklich an meine Kollegen gerichtet. Ich hätte mich sonst etwas mehr bemüht, in dem Stil zu schreiben, den meine Kollegen von einem Psychotherapeuten erwarten. Aber ich fühle mich kaum noch wie ein Psychotherapeut und will auch nicht so tun, als ob. Mir sind besonders die klinischen Begriffe zuwider, mit denen wir in unserem Beruf vorgeben, einen Menschen erfassen zu können. Ich merke, daß ich seit dem Erlebnis meinen ganzen Beruf neu durchdenken muß. Ich vermute, daß dies erst der Anfang einer großen Veränderung in mir ist.

Ich glaube, daß meine Kollegen den Inhalt meines Briefes nicht verstehen würden und vielleicht sogar nicht verstehen dürften. Ich kann mir ihren Ärger über das, was ich gewagt habe, vorstellen. Einige wären sicherlich sehr aufgebracht, wenn sie davon hörten, und würden anklagend und selbstgerecht mit Fachbegriffen umherwerfen. Vielleicht würden sie mein Vorgehen als unverantwortlich bezeichnen. Und andere würden von mir lernen wollen, »wie man das macht«, um dieses »Experiment« selbst zu probieren und es wahrscheinlich zu mißbrauchen. So werde ich den Brief nicht abschicken, sondern schicke ihn Dir.

Ich habe einiges in dem Brief an die Kollegen nicht geschrieben, weil es zu persönlich war. Das möchte ich jetzt Dir anvertrauen. Ich habe das Empfinden, daß es wichtig ist, es festzuhalten. Es kam mir zeitweilig so vor, als schaute ich auf dieser Reise in eine mögliche Zukunft, als sähe ich eine Art des Umgangs miteinander, den wir noch erlernen werden. Ich glaube, daß wir noch sehr am Anfang unserer Entwicklung stehen, was die Kunst des gegenseitigen Heilens betrifft. Ich erlebe zwar nicht nur Schönes, sondern auch Erschreckendes, doch hatte ich bei allem immer die tiefe Gewißheit, daß es genau so sein mußte, wie es kam. Mir schien über allem eine innere Weisheit zu liegen, die ich nicht verstand, die ich aber gerne verstehen möchte.

Am vierten Tag ging ich durch eine parkartige Landschaft, die ich besonders einladend fand. Ich setzte mich an einen Teich, warf kleine Steine ins Wasser und breitete mich zusammen mit den immer größer werdenden Kreisen aus. Als ich dann aufstehen wollte, um weiterzugehen, konnte ich es nicht. Ich war wie festgewachsen. Die Landschaft hielt mich fest. Ich spürte eine Kraft, die weder gut noch böse, aber sehr mächtig war und mich nicht loslassen wollte. Ich habe später viel darüber nachgedacht und kann mir vorstellen, daß es eine Art versuchte Symbiose von Vera F. war. Vielleicht wäre es ihr recht gewesen, mich dort in der Verbindung zu ihr zu halten. Für den Rest ihres Lebens. Genau an der Stelle hätte ich dann nicht nur als Therapeut, sondern auch als Mitmensch und Freund versagt. Ich widersetzte mich dem Druck dieser Macht, und ein stiller Kampf fand statt, der sicherlich eine Stunde dauerte. Dann konnte ich aufstehen und weitergehen. Du kannst Dir vorstellen, wie meine Kollegen auf dieses Erlebnis reagiert hätten. Ich glaube, ich werde auch nicht mehr mit Vera F. darüber reden. Es muß ihr auch ohne mich aufgehen.

Am wichtigsten fand ich die Begegnung mit der Wilden Frau. Vom ersten Moment an nannte ich sie so. Ich sah sie zuerst auf einem Pferd durch eine Prärielandschaft reiten, in der ich seit einigen Stunden gegangen war. Ihre langen Haare (später sah ich, daß sie ihr bis auf die Hüften reichten) flogen hinter ihr her. Es war am späten Nachmittag, die Sonne stand schräg, das Licht hatte einen orangeroten Ton, und es war klar, daß sie sich ganz allein wähnte auf der großen Ebene. Ich kam gerade aus einem kleinen Wäldchen, das an die Flachebene angrenzte, als sie im vollen Galopp an mir vorbeidonnerte. Sie lag fast auf dem Pferd, schmiegte sich an den schwarzen Pferdekörper an, so daß ihre Haare mit der Mähne des Pferdes verschmolzen. Es war wie ein Bild aus einem Märchen- und Kinderbuch. Ihren Gesichtsausdruck konnte ich nicht sehen, es ging alles zu schnell, aber ich vermute, daß darin Zielstrebigkeit und Freiheit lagen. Die Frau und das Pferd wirkten wie ein Pfeil auf mich. Etwa eine halbe Stunde später kam sie wieder zurück. Diesmal hatte sie mich schon von weitem gesehen. Ich wollte ihr auch nicht ausweichen. Sie zügelte ihr Pferd, das lieber weiterlaufen wollte, und ritt zu mir herüber. Sie trug kurze Hosen, ein dickes Flanellhemd und war barfuß. Erst jetzt bemerkte ich, daß sie ohne Sattel ritt. Sie musterte mich, ohne zu sprechen, ritt um mich herum und sagte, als hätte sie sich davon gerade überzeugt: »Ein Mann. Folge mir, wenn Du willst.« Im Fußgängertempo ritt sie ein Stück weiter, bis wir an einige Büsche und Bäume kamen. Dort bog sie die Büsche auseinander und bedeutete mir, hindurchzugehen in einen kleinen geschützten Raum mit einer Feuerstelle. Dort sah ich auch einen Sattel mit Satteltaschen. »Hier wohne ich, wenn ich wild und frei bin«, sagte sie. Ihr Pferd band sie nicht fest, sondern ließ es draußen im Freien grasen. Als ich sie fragte, ob das Pferd denn nicht weglaufe, sagte sie: »Manchmal schon, aber ich rufe es immer wieder mit meiner Seele. Es hört mich, weil wir eins sind.« Ich hatte nicht den Mut zu fragen, was sie damit meinte. Ihre Stimme war tief und stark und schien nicht an dem zu zweifeln, was sie sprach. Daß sie mich duzte, merkte ich erst später, aber es störte mich nicht. Es stimmte so.

Nun folgten einige Stunden, die ich nie vergessen werde. Wir reduzierten unser Sprechen auf ein Minimum. Ich spürte auch, daß es nicht nötig war, mehr zu sagen. Von Minute zu Minute, von Handgriff zu Handgriff wurde deutlich, was nötig war, die Umstände ergaben sich, keine Bewegung war umsonst. Sie machte mit einem Streichholz ein Feuer, zerschnitt etwas Gemüse in einen Topf, den sie aus ihren Satteltaschen holte und dann auf zwei Steine stellte, zwischen die sie etwas Glut vom Feuer schob. Der Dampf hob bald den Deckel des Topfes an. Nicht nur wir, auch die Natur gehörte zu dem harmonischen Ablauf: Die Sonne sank, und der Mond wurde langsam aber stetig wichtiger am Himmel. Ich half mit und fand mit jeder Handbewegung mehr und mehr Wissen in mir für diese Welt. Ich gesundete, ohne mich vorher als krank angesehen zu haben. Es waren heilende und heilige Momente.

Als die Suppe fertig war und wir uns auf Baumstämme setzten, die in einem Dreieck um das Feuer gerichtet waren, begann ein sanfter Wind zu blasen. Er war wie ein Lebensgeist, der das Feuer und uns anblies. Aus einer Satteltasche holte sie einen Laib

Schwarzbrot, von dem sie ein Stück abbrach und mir gab. Ich holte einen Leinenbeutel mit Wasser, der über einem nahen Ast hing, und schenkte uns beiden ein.

Sie hatte mich während der Vorbereitungen nicht angesehen, aber jetzt, wo wir fertig waren und mit unseren Suppenschüsseln, Brotstücken und dem Wasser dasaßen, blickte sie mich plötzlich so direkt an, daß ich erschrak. Ihr Blick war ungeschützt, offen, ohne auch nur die geringste Verstellung. Es war darin nichts Geziertes, keine Erwartung, keine Hemmung, aber auch kein Anbiedern oder Vertrautsein vor der Zeit. Meine sämtlichen Waffen, meinen Hang zu analysieren, meinen Ordnungstrieb, meine scheinbar harmlose Art zu fragen – all' das hatte ich schon während der Essensvorbereitungen abgelegt. Ich konnte nicht anders, als so wie sie zu sein, schutzlos und direkt.

Ich merke, daß es mir jetzt beim Schreiben nicht gelingt, die Stimmung der Stunden wiederzugeben. Wenn ich es auf ein Wort reduzieren müßte, dann würde ich das Wort »Einfachheit« wählen. Alles war so unendlich einfach, so wie es ist – die Luft, die Geräusche des grasenden Pferdes im Hintergrund, das Feuer mit seinen tanzenden Flammen, die Bewegungen von zwei Menschen durch die ständig wachsende Dunkelheit, die die Welt vergrößert, die dampfende Suppe, der langsam steigende Mond. Es war so. Nichts fehlte, nichts war zuviel. So war es.

Am Feuer sprach sie dann von sich, von ihrer Sehnsucht nach der Weite und von der Enge ihrer Erziehung, und von ihrer Angst, in der Gesellschaft zu ersticken. Ich merkte ihr die Not an, an der nichts

Gespieltes war. Einmal sprach sie lange, ohne Pause, als spreche sie in einen Raum hinein, den es in ihr gab, oder so, als wolle sie den Raum mit ihren Worten erst schaffen. Ihre Augen waren die ganze Zeit über auf die Flammen gerichtet.

»Ich habe schon lange nicht mehr mit meiner Seele geatmet. Und wenn die Seele nicht atmen kann, dann stirbt der ganze Mensch. Der Körper ist dann nicht mehr als ein Gefängnis für die Seele. Und eingesperrt richtet sich die Seele an den Geist. Aber der Geist oder die Geistin in mir ist hilflos und kann nur in eine andere Welt fliehen. Dann ist die Seele ganz allein und wird stumm. Dabei ist ihre Stummheit ein großer Schrei, aber niemand versteht ihn. Wenn diese Seele dann nicht die Freiheit und Weite findet, verkümmert sie, und nichts, gar nichts holt sie aus dieser Verkümmerung zurück.« Sie machte eine lange Pause, und dann wiederholte sie den letzten Gedanken ganz leise, als spräche sie ihn in die Luft und erwartete, daß der leise Wind die Worte mitnehmen und erhören würde. ». . . und nichts, gar nichts holt sie aus dieser Verkümmerung zurück.«

Danach tauchte sie wie aus einer anderen Welt auf, sah vom Feuer weg, musterte mein Gesicht, um festzustellen, ob ich etwas verstanden hatte. Ich wollte nicht mit Beteuerungen meines Verständnisses antworten, sondern hielt nur ihrem Blick stand. Auge in Auge blieben wir eine lange Zeit ineinander versunken, dann lächelte sie. Ich legte es so aus, daß sie mir glaubte, daß ich sie verstanden hatte, wenigstens so gut, wie ein Mensch einen anderen überhaupt verstehen kann.

Dann erzählte sie von ihrer Liebe zu Wölfen. Ihre

Augen begannen zu leuchten, ihr ganzer Körper wurde noch lebendiger und gelöster. Ich spürte, daß sie mir erlaubte, bis in ihr Innerstes zu sehen. Ihr Innerstes wurde ihr Äußerstes – sie wollte sich nicht verstellen. Sie erzählte, daß sie erst gestern einem kleinen Rudel begegnet sei. Sie sei ohne Pferd gewesen und die Wölfe hätten sie umzingelt und wären immer näher gekommen. »Zuerst habe ich keine Angst gehabt, aber ab einer gewissen Nähe war es mir doch unheimlich. In meiner Angst habe ich mich einfach auf die Erde gelegt und geheult, wie die Wölfe es tun. Ich habe das Erstaunen der Wölfe gespürt. Sie haben mich nicht einordnen können – ich war weder Opfer noch Jäger für sie. Dann legten sie sich auch hin, und wir heulten gemeinsam. Es war einer der schönsten Momente meines Lebens. Ich war ein Teil der Erde und der Gräser, und die Wölfe waren ein Teil von mir. Wunderbar klar trug die Luft unsere Stimmen. Wir gehörten zusammen. Selbst wenn sie mich im nächsten Moment zerrissen hätten, wäre es diesen Augenblick wert gewesen.«

Dann fragte sie mich plötzlich unvermittelt: »Weißt du, daß du der erste Mensch bist, der in diese Landschaft gekommen ist? Die Wölfe, von denen ich vorhin sprach, haben außer mir noch nie Menschen gesehen. Du bist der erste auf der ›Ebene der Wölfe‹, wie ich die Landschaft hier nenne.« »So bist du hier immer allein?« fragte ich sie. Sie schien lange zu überlegen, auch wenn die Frage so einfach war, dann antwortete sie: »Ja, ich bin hier allein, und doch bin ich es nicht. Ich trage den Wunsch in mir, mit Menschen zu sein, Menschen, die mir hier begegnen könnten, und durch diesen Wunsch trage ich dann auch Menschen in mir. Aber manchmal sind sie mir nicht wirklich genug. Ich habe dich mit meinem Wunsch angezogen. Du bist nicht zufällig hier erschienen. Ich habe dich gerufen. In den Bergen und in der Wüste bin ich Menschen schon begegnet, aber hier auf der ›Ebene der Wölfe‹ bist du der erste. Nie hat mich jemand als Wölfin gesehen.«

Dann veränderte sich ihr Ton. Sie flüsterte fast nur noch, als solle niemand sonst ihre Worte hören: »Du weißt, wir sind sehr scheu und trauen den meisten Menschen nicht. Sie mögen uns nicht, weil sie uns nie verstanden haben. Darum haben sie uns schlecht gemacht. Dabei sind wir sehr zart und verletzbar. Und wir sind treu, bis zum Tod.« Sie hatte es zwar geflüstert, aber mit großer Intensität, als könne sie es nicht zurückhalten, als müsse sie es mir anvertrauen, und ich begriff in dem Moment, daß es ein besonderes Vorrecht war, hier sein zu dürfen und dieser wilden Wolfsfrau zu begegnen.

Manchmal hatte ich das Empfinden, daß sie mich kannte, so wie sie mir auch nicht fremd war. Als ich sie nach ihrem Namen fragte, lachte sie kurz, sah mir in die Augen und sagte: »Du weißt doch, wer ich bin.«

»Du bist Vera«, sagte ich.

»Ja, so nennt man mich, aber eigentlich bin ich Lupa. Lupa kennst du nicht. Ich bin eine Wölfin.« Dann rückte sie ganz nah an mich heran und hielt mir ihre Fäuste hin, mit dem Handrücken nach oben. Plötzlich drehte sie die linke Hand um und öffnete sie. Ich sah einen Wolfskopf, wie eingebrannt, in ihrem Handteller. Die Augen des Wolfes lagen auf der Herzlinie, und der Hals reichte über die Lebenslinie hinweg in den Ballen des Daumens. Dann zog sie die

Linke zurück und schob die Rechte vor, öffnete sie, und da sah ich die Nummer 1999 auch eingebrannt. Während sie mir die Zahl zeigte, hatte sie sich abgewendet, als dürfe sie selbst sie nicht sehen. Danach nahm sie beide Hände wieder zurück, schwieg und überließ ihre Geheimnisse dem Feuer und der Nacht.

Das Wolfssymbol war mir sofort klar, aber über die Zahl habe ich viel nachgedacht, habe mich sogar noch einmal neu mit Numerologie beschäftigt. Dann bin ich zu einem ganz einfachen Schluß gekommen. Ich glaube, daß Vera F. im Jahre 1999 die Wilde Frau sein wird, die Wölfin, der ich dort begegnet bin. Dann wird sie gesunden. Als ich auf diese Lösung kam, spürte ich ihre Richtigkeit. Nur ein Bereich ihrer Seele weiß, daß es so ist, darum sah sie nicht hin, als sie mir die Hand öffnete. Ich werde es ihr nicht sagen, aber Du kannst Dir vorstellen, mit welcher Festigkeit ich ihr jetzt weiter zur Seite stehen werde. Auch das ist etwas, was man mit kaum jemandem besprechen kann, weil es eine Art von Zukunftssicht ist, die den Menschen angst macht. Aber die Seele ist so gewaltig und endlos, daß sie nicht total an die Zeit gebunden ist. Ich glaube, daß ein Teil von Veras Seele viel mehr weiß, als die bewußte Vera je gewußt hat. Ich wünsche ihr, daß sie die Weisheit dieses Seelenteils für sich benutzen kann, um sich selbst zu befreien von dem, was sie so beschwert. Die Probleme liegen in ihr, aber auch die Lösungen.

Wir haben noch einiges an dem Abend gesprochen und auch viel geschwiegen. Manches mußte nicht gesagt werden, es war offensichtlich. Es war schon spät, als sie sagte: »Ich habe dir eine Decke mitgebracht. Hier, sie wird dich warmhalten.« Ehe sie sich schlafen legte, nahm sie vom Rand des Feuers ein Stück Kohle, legte es beiseite und wartete, bis es abgekühlt war. Dann machte sie ihr Gesicht damit schwarz, ließ aber immer wieder ihre braune Haut durchscheinen. Nur die Nasenspitze machte sie zu einem tiefschwarzen Punkt. So legte sie sich schlafen. Sie wünschte mir keine Gute Nacht und reichte mir ihren Arm nicht herüber. Nachdem sie sich bemalt hatte, konnte sie nicht mehr sprechen und keine menschliche Bewegung mehr machen, nicht mit diesem schwarzbraunen Gesicht und der schwarzen Nasenspitze.

Ich lag wach, sah den Mond untergehen und die Sterne stärker scheinen in dieser Welt ohne Städte. Dann schlief auch ich ein. Als ich am nächsten Morgen erwachte, war sie weg. Ich habe einen leichten Schlaf, aber sie und ihr Rappe waren fort. Am Fußende meiner Schlafstelle lag ein schwarzer Stein, vulkanischen Ursprungs. Ich weiß, daß er am Abend vorher nicht dort gelegen hatte. Er war von ihr. Ich nahm den schwarzen Stein mit als eine große Kostbarkeit.

An dem Morgen versuchte ich zurückzufinden zu der Landschaft, die ich zuerst gesehen hatte, aber ich erkannte nichts wieder und war ohne Orientierung. Dann begriff ich, daß meine Gegenwart die Landschaft veränderte. Der Felsen, dem ich zu Beginn meiner Wanderung begegnet war, war vielleicht jetzt ganz verschwunden. Der Fluß war eingetrocknet. Dann dachte ich an Vera F. und an die Enge ihrer Welt im Vergleich zu dieser Weite, und plötzlich befand ich mich in einer sehr engen Schlucht, die ich einige Kilometer weit verfolgte. Sie wurde enger und enger, und als ich mich umdrehte, um zurückzugehen, merkte ich, daß sie sich hinter mir schloß, mit jedem Schritt, den ich nach vorne machte. Nach etwa zwei Stunden traf ich auf das Ende der Schlucht. Vor mir war eine steile Wand, weiter ging es nicht. Hier war alles zu Ende. Die letzte halbe Stunde hatte sich die Schlucht leicht nach unten geneigt, und zeitweilig war es mir, als ginge ich ins Innere der Erde. Der Stein der Schlucht war sehr schwarz, und bei dem geringen Licht, das hier noch herunter kam, wirkte alles manchmal beängstigend. Aber dann stellte ich fest, daß der Stein, den ich in der Hand trug, den mir Lupa am Morgen hinterlassen hatte, aus demselben Material war wie diese Schlucht. Ich weiß zwar nicht genau warum, aber es beruhigte mich. Vielleicht hatte sie ihn von hier.

An der Wand angekommen, war es mir diesmal nicht möglich, durch den Stein hindurchzugehen. Er war hart und kantig. Die Seitenwände waren zu steil, um sie zu erklettern. Und hinter mir schien der Felsen fast darauf zu lauern, daß ich endlich einen Schritt weiterginge, damit er sich ganz schließen könnte. Es dauerte lange, bis ich begriff, was ich zu tun hatte. Ich ließ die sieben Tage, die ich nun schon hier war, noch einmal vor meinen inneren Augen passieren. Ich konnte kaum fassen, was ich alles gesehen und erlebt hatte. Meine letzte Reflektion betraf den Stein, den ich von Lupa bekommen hatte. Ich betrachtete ihn in meiner Hand und begriff. Den Stein mußte ich loslassen, mußte ihn hierlassen. Nichts durfte ich mitnehmen, aber ich wollte ihn nicht aufgeben. Er würde mich verbinden mit dieser Landschaft, mit der Wilden Frau, mit dem Wunder

Seele. Er sollte meine handfeste Erinnerung an diese Welt sein. Ich legte ihn von einer Hand in die andere, und es dauerte lange, bis ich endlich den Mut fand, ihn in den Sand der Schlucht zu legen. Ich würde diese Welt auch ohne den Stein nicht vergessen.

Kaum hatte ich den Stein in den Sand gelegt und mich wieder aufgerichtet, da wußte ich, daß ich nun nach vorn durch den Felsen gehen konnte. Und so war es. Ich machte einen Schritt, und schon stand ich in meinem Sprechzimmer. Den letzten Schritt machte ich auf Vera F. zu, die vor mir saß und mich erstaunt ansah. Dann kamen die drei Schläge der Uhr, die ich ja schon in dem anderen Brief beschrieben habe. Ich war zunächst ganz desorientiert, erinnerte mich dann aber an den Moment vor einer Woche, der ja nur Sekunden zurück lag, und schlug die Pause vor, die wir meistens nach einer Stunde machen. Es gelang mir, nicht mit Vera über mein Erlebnis zu sprechen, auch wenn ich darauf brannte, zu reden. Vera schien mich genauer als sonst zu beobachten, fragte aber nichts.

Ich habe übrigens inzwischen über ihren Namen nachgeforscht. Lupa heißt tatsächlich Wölfin in Latein. Es ist aber auch gleichzeitig der lateinische Begriff für Hure. Die wilden, wölfischen Frauen haben schon damals Menschen angst gemacht und tun es auch heute noch und werden darum geringschätzig behandelt. Sie finden nur schwer einen Platz in der Gesellschaft.

Du kannst Dir nun denken, daß ich unendlich viele Fragen habe. Darf ich Vera von Lupa erzählen? Darf ich das Wissen, das ich habe, einsetzen, um eine Gesundung zu erreichen? Wird die Gesundung, wenn sie so erreicht wird, anhaltend sein? Welche Rolle spiele ich nun in der Seele von Vera F., nach all dem, was ich gesehen habe, nach unserem Abend am Feuer, nach dem geschenkten Stein? Darf ich sie fragen, was sie weiß, oder übertrete ich damit schon eine Grenze? Fragen über Fragen und keine Antworten, aber ich denke, ich werde mich schon zurechtfinden. Ich lerne, mir zu trauen und dem Prozeß, in den ich mich hineingestellt habe, als ich sie als Klientin annahm. Ich spüre, daß, wenn ich mir treu bleibe, ich schon das Richtige tun werde. Ich will Mensch sein. Noch nie habe ich den Wunsch so stark in mir gespürt wie jetzt.

Ich schicke Dir diesen Brief, weil es mir schon hilft, ihn in Deinen Händen zu wissen und nicht ganz allein mit diesem Erlebnis zu sein. Auch wenn Du nicht gleich antworten kannst, danke ich Dir doch, daß Du den Brief mit Deiner Liebe lesen wirst, die ich kenne. Das Gedicht, das Deinem letzten Brief beilag, hat mich bewogen, dieses Erlebnis mit Dir zu teilen:

»... aus dem Dunklen der Seele
mit ihren endlosen Wendungen,
mit dem Geheimnis ihres eigenen Wissens,
strömt Licht in die dunkle Welt,
die sich hell wähnt.«

Deine Zeilen deuteten mir an, daß Du, vielleicht besser als jeder Kollege, verstehen würdest, was ich erlebt habe. Dein Brief mit dem beigelegten Gedicht lag übrigens in meinem Kasten, als ich von dem besagten Nachmittag mit Vera F. nach Hause kam. Damals konnte ich ihn nicht aufnehmen, aber inzwischen habe ich ihn und besonders das Gedicht schätzen gelernt. Ich danke Dir. Ich würde mich freuen, Dich bald zu treffen, um gemeinsam mit Dir über die »Geheimnisse des eigenen Wissens« nachzudenken.

Nun ist dieser Brief fast so lang geworden wie der erste, aber es war mir wichtig, ihn zu schreiben. Ich grüße Dich mit einer herzlichen Umarmung.

Michael

Ein Junge geht los

Sie waren nicht wohlhabend und hatten für die Reise des Sohnes ein Jahr lang Geld zurückgelegt. Eigentlich konnten sie nicht verstehen, warum die Freizeit, die er sich selbst ausgesucht hatte, so teuer sein sollte. Es ging doch nur mit der Bahn nach Norditalien und dann vier Wochen zu Fuß durch die Berge. Als sie die Leitung wegen des Preises anschrieben – ihr Sohn wollte es nicht, und so taten sie es heimlich –, bekamen sie eine fast schroffe Antwort auf italienisch. Sie ließen es sich in der Pizzeria um die Ecke übersetzen. Und erfuhren so, daß die Planung für derartige Unternehmen sehr aufwendig sei – man müsse jede Berghütte im voraus belegen und die fünfzehn Jugendlichen, die in einem schwierigen Alter wären, würden von vier Erwachsenen begleitet werden, von denen man nicht erwarten könne, daß sie dies umsonst täten.

Sie spürten aus dem Schreiben wie auch aus einigen anderen Anzeichen, daß die Leitung diese Sache zum ersten Mal machte, aber das beunruhigte sie nur wenig. Sie trauten einer Gesellschaft, die es zu einem eigenen Briefpapier gebracht hatte, und wollten auch nicht weiter Aufmerksamkeit auf sich ziehen, weil dies später auf der Freizeit leicht ihrem Sohn schaden könnte. Da die Freizeit durch die Schule angeboten worden war, nahmen sie an, daß es etwas Solides war.

Die Vorbereitungen waren aufregend. Frank machte lange Listen, um ja nichts zu vergessen. Seine Eltern fragte er nur selten um Rat. Immerhin war er vierzehn Jahre alt und wußte, was er wollte. Zu seinem Geburtstag, den sie einen Monat vor der Abreise feierten, hatten die Elten ihm einen neuen Daunenschlafsack geschenkt. Er weihte ihn gleich in der Nacht nach seinem Geburtstag ein. Eine Tante, die natürlich über die ganze Reise informiert war, schickte ihm hundert Mark. Sein bester Freund, der ihn zwar um die Fahrt beneidete, schenkte ihm trotzdem ein neues Fahrtenmesser, dessen Griff mit einem ganz dünnen Lederriemen umwickelt war. Seine Schwester, vier Jahre jünger, interessierte sich nicht sonderlich für die Reise. Sie freute sich, einen Monat lang Einzelkind zu sein.

Endlich waren die Sommerferien da, jetzt noch eine Woche. Noch sechs Tage, noch fünf, vier. Frank begann zu packen. Dann verabschiedete er sich schon bei denen, die er traf – er tat es gern, weil er jedesmal erwähnen konnte, daß er in die Berge nach Italien fahren würde. Noch zwei Tage. Er kaufte sich ein Schwarzbrot, ließ es beim Bäcker gleich schneiden. Das gehörte zu dem, was sie mitbringen mußten – Proviant für die ersten drei Tage. Ein paar Suppen in Tüten, eine Dose Thunfisch, zehn Teebeutel, einige Tafeln Schokolade (Energiefutter), etwas Honig in einem verschraubbaren Hartplastikbehälter, so hatte es in dem Vorbereitungsschreiben geheißen. Butter wäre nicht nötig, darum blieb die Butter zu Hause. Ein Paar leichte Schuhe für abends in den Berghütten, und dann seine neuen Wanderstiefel, die er in der letzten Woche jeden Tag getragen hatte, um sie gut einzulaufen. Schlafsack, Fartenmesser, Isomatte, Kamera, zusätzliche Filme und was es sonst alles noch gab, machten am Ende einen Rucksack aus, der aus den Nähten zu platzen drohte. Frank stieg mit dem Rucksack und dann ohne auf die Badezimmerwaage – der Unterschied betrug fast fünfundzwanzig Kilo. Aber das schaffte er. Das Essen für die ersten Tage würde von Tag zu Tag weniger werden. Alles klar.

Der Abschied auf dem Bahnhof war kurz. Eine Umarmung, noch eine, ein paar Tränen der Mutter, »Ach Mutti, du brauchst dir doch keine Sorgen ...«, aus dem Fenster winken, kurzes Mitlaufen des Vaters mit dem Zug – und Frank war allein. Er fühlte sich wohl.

Am frühen Abend rief Frank aus Bruneck an, daß er gut angekommen sei, daß er aber etwas Mühe gehabt habe, die kleine Baracke des Büros am Stadtrand zu finden. »Ich war der erste, aber inzwischen sind schon die meisten da, und morgen früh geht es los.«

Auch wenn die Mutter wußte, daß sie sicherlich vier oder fünf Tage keine Post bekommen würde, begann sie doch schon am zweiten Tag zu warten. Sie sah jetzt auch die Wetterkarte am Fernsehen ganz anders, ließ gleich den Atlas auf der Seite mit Österreich/Italien aufgeschlagen liegen und teilte ihrem Mann alle Sorgen mit, die ihr im Laufe des Tages kamen. Ihr Mann versicherte ihr, daß alles gutgehen werde und sie sich nicht zu sorgen brauche.

Dann kam die erste Karte.

Liebe Eltern,
der erste Tag liegt hinter mir. Alles ist super. Gestern sind wir zehn Kilometer gewandert, und alles hat gut geklappt. Das Wetter ist gut. Am zweiten Tag sind wir früh gestartet und haben fünfzehn Kilometer gemacht. Wir sind nun schon hoch in den Bergen, weit weg von allen Orten. Mir geht's gut.

Frank

Erleichtert rief die Mutter ihren Mann im Büro an und las sie ihm vor. »Hab' ich doch gesagt, daß alles gut sein wird«, war seine Antwort.

Zwei Tage lang kam keine Post. Der Mutter ging auf, daß sie jetzt einen fast erwachsenen Sohn hatte, der vier Wochen allein wegfuhr. Es gab neue Gefühle in ihr. Stolz, es so weit gebracht zu haben mit ihrem Frank, und Trauer, weil damit ein Abschnitt in ihrer Beziehung zu Ende ging. Sie war froh, als wieder Post kam.

Liebe Eltern,
hier hat sich einiges verändert. Zwar ist mein Rucksack nicht mehr so schwer, aber manches verstehe ich nicht, und ich kann mit niemandem darüber reden. Es wird nicht leicht werden, das merke ich schon jetzt, wegen der Menschen. Anstatt der vier Leiter sind nur zwei mitgekommen, und sie wirken fast die ganze Zeit so, als wollten sie gar nicht mit uns sein, als täten sie es widerwillig, weil jemand sie dazu zwingt. Wir sind nur zwölf, nicht fünfzehn, wie geplant, und zwar fünf Mädchen und sieben Jungen. Ich hatte gedacht, daß wir alle entweder vierzehn oder fünfzehn Jahre alt sein würden. Aber das ist nicht so. Einer der Jungen ist bereits achtzehn, also größer und stärker als die meisten von

uns, und eins der Mädchen, Frauke, ist gerade erst elf. Sie wird es nicht leicht haben.

Am dritten Tag sind wir fast dreißig Kilometer gegangen. Ich fand das zu weit. Die Kleine jammerte schon am Mittag über Blasen an den Füßen, aber die beiden Leiter, Frau Gaspardi und Herr Francobaldi, waren da unheimlich hart. Sie machten keine Pause. Ich habe dann einfach angehalten und ihr die Füße verbunden, damit sie überhaupt weitergehen konnte, danach haben wir die andern wieder eingeholt, ohne daß jemand etwas gemerkt hat. Abends paßten wir nicht alle in die Hütte. Das war enttäuschend. Ich hatte gedacht, daß alles so geplant war, daß wir immer Platz finden würden. Eine ältere Gruppe war schon da und hatte die meisten Plätze belegt. Fünf von uns mußten draußen schlafen, und unsere Leiter schienen sich um nichts zu kümmern. Sie waren den ganzen Abend mit der anderen Gruppe zusammen, und wir haben sie darum noch gar nicht kennengelernt.

Der vierte Tag war etwas besser, aber ich merke, daß diese Zeit anders sein wird, als ich mir vorgestellt habe. Aber es wird schon gehen, macht Euch keine Sorgen um mich.

Frank

Die Mutter versuchte zwischen den Zeilen zu lesen. »Wie geht es ihm wirklich?« fragte sie sich. Ihre Sorgen wuchsen. Der Vater freute sich, daß nicht alles so einfach war. »Da wird aus dem Jungen ein Mann«, war seine Einstellung. Erst am übernächsten Tag gab es wieder Post. Das Kuvert war recht verschmutzt, und die Anschrift vorn stand größer als nötig darauf. Die Mutter spürte, daß etwas nicht stimmte. Eilig öffnete sie den Brief, überflog ihn, erschrak und las ihn dann ganz langsam, als wolle sie dadurch mehr hervorlocken, als die Worte hergaben.

Liebe Eltern,
jetzt wird es schwierig. Wir haben nun unsere mitgebrachten Lebensmittel aufgegessen und wollten uns bei der nächsten Gelegenheit wieder Proviant beschaffen. Aber unsere Leiter scheinen daran gar nicht zu denken. Frauke aus Hamburg hatte noch etwas Brot übrig und hat es mit einigen von uns geteilt. Aber ein halbes Brot reicht nicht weit. Die Leiter haben offensichtlich mehr eingepackt als wir und haben genüßlich vor uns gegessen, aber nichts abgegeben.

Die letzte Nacht war sehr unruhig. Ich wachte oft auf, weil ich eine Art Raunen hörte. Aber ich habe nicht herausgekriegt, was es war. Am Morgen sagte mir Frauke, daß sie es auch gehört habe. Als ich das Herrn Francobaldi sagte, schien er verwundert, sagte im nächsten Moment dann aber, daß es das hier in den Bergen öfter gäbe. Es handle sich wahrscheinlich um irgendwelche Geister, die sich dagegen wehrten, daß Menschen sie in ihrer Ruhe in den fernen Bergen stören. Er blieb ganz ernst bei dem, was er sagte, und ich weiß nicht, was ich davon halten soll.

Ich hoffe sehr, daß sich die Sache mit den Lebensmitteln morgen löst. Ich finde es schwer, so viele Kilometer zu gehen, ohne zu essen.

Frank

Die Mutter rief sofort ihren Mann in seinem Büro an und las ihm den Brief vor. Sie meinte, irgend etwas tun zu müssen. »Man kann das nicht einfach so durchgehen lassen«, sagte sie. Ihr Mann mußte seine besten Überredungskünste einsetzen, um seine Frau davon zu überzeugen, daß sie noch wenigstens einen Brief abwarten sollten. Dann kam nur eine kurze Karte, die sie beide mit Bestürzung lasen.

Liebe Eltern,
die Leiter haben uns verboten, in der nächsten Zeit Post abzuschicken. Diese Karte habe ich rausgeschmuggelt, indem ich sie einem Wanderer mitgegeben habe, der uns entgegenkam und in einem Tag an einer Post sein wird.

Frank

Jetzt war es Zeit zu handeln. Die Mutter rief bei einer Familie an, deren Sohn auch auf der Freizeit war.

»Hier spricht Gisela Fessler. Unser Sohn ist zusammen mit Ihrem Sohn in den Bergen. Was meldet Ihr Sohn von der Freizeit?« Sie gab sich ganz ruhig, wollte erst mal hören, was diese Familie gehört hatte.

»Demian hat uns bisher nur zwei nichtssagende Karten geschrieben, Sie wissen ja, gut angekommen, morgen geht's los, usw. Die zweite Karte kam erst gestern und bestand fast nur aus den Namen der Orte und Landstriche, durch die sie gewandert sind, aber davon verstehe ich nichts. Ich finde die Sachen auch nicht auf dem Atlas. Wahrscheinlich ist das gar nicht drauf. Und was schreibt Ihr Sohn?«

Die Mutter erklärte, wie sehr die Briefe Franks sie beunruhigt hätten und daß sie daran denke, etwas zu tun, sie wisse nur nicht was. Man verabschiedete sich und beschloß, wieder miteinander zu telefonieren, sobald es etwas Neues gäbe.

Am nächsten Tag versuchte Gisela Fessler Auskunft von dem Büro in Bruneck zu bekommen, aber dort meldete sich niemand, ganz gleich, wann sie es versuchte. Sie ging daraufhin zur Polizei und erklärte ihre Sache. Der Polizist, der den Fall aufnahm, sagte gleich, daß sie von hier aus nicht viel machen könnten, aber er würde sich mit der Polizei in Bruneck in Verbindung setzen. Am nächsten Tag hatte er schon eine Antwort. Ein Polizist dort wäre auf seiner Rundfahrt an der angegebenen Adresse vorbeigefahren, hätte aber nur einen Zettel an dem Büro gefunden, auf dem in Italienisch gestanden habe: »Auf unbegrenzte Zeit geschlossen.« Und wie ein Witz habe darunter noch gestanden: »Vielleicht kommen wir gar nicht wieder.« Franks Mutter wollte nun noch mehr von dem Polizisten wissen, der aber sagte ihr, er könne ihr nur berichten, was er von Bruneck gehört habe. Im übrigen versuchte er die Mutter zu beruhigen. »Es wird sich sicherlich alles aufklären, ich würde mich nicht sorgen, Frau Fessler.«

Danach dauerte es drei Tage, bis wieder Post kam. Die Mutter schlief schlecht, auch der Vater begann sich Sorgen zu machen. Der Brief war länger, enthielt aber anstatt Aufklärungen nur noch mehr Beunruhigendes.

Liebe Eltern,
ich schreibe diesen Brief auf meinen Knien bei Taschenlampenlicht. Es ist zwei Uhr nachts, und endlich sind die beiden Leiter eingeschlafen. Wir übernachten nun schon die vierte Nacht im Freien. Die erwartete Hütte haben wir wieder nicht gefunden. Ich glaube, wir haben uns verlaufen und sind fast wieder an der

gleichen Stelle gelandet, an der wir letzte Nacht schon waren. Aber die Leiter geben das nicht zu. Sie betonen, daß wir alle keine Orientierung in der freien Natur haben. Zu essen haben wir wieder etwas, aber nur das Allernötigste. Herr Francobaldi setzte sich gestern nachmittag ab und kam dann mit Essen wieder. Er wollte offensichtlich nicht, daß wir selbst in den Laden gingen und Kontakt mit anderen Menschen aufnähmen.

Gestern schienen wir fast den ganzen Tag parallel zu einem guten Wanderweg zu laufen. Wir gingen querfeldein durch viel Gestrüpp, in dem wir nur sehr schlecht vorankamen. Im Laufe des Tages kreuzten wir den guten Wanderweg sicherlich zehn oder zwölf Mal, aber es wurde uns streng untersagt, auf dem Weg zu gehen. Ich fühlte mich schikaniert. Im dichten Gestrüpp hat einer von uns gestern ein frisch gerissenes Schaf gefunden. Als wir die Leiter fragten, meinten sie, das müsse ein Wolf getan haben. Ich wußte nicht, daß es hier noch Wölfe gibt.

An das Raunen und Zischen nachts haben wir uns jetzt schon fast gewöhnt. Ich würde aber immer noch gern wissen, was dahinter steckt.

Übrigens hat Frauke, mit der ich mich bisher gut verstanden habe, mich verpfiffen. Sie hat den Leitern erzählt, daß ich meinen letzten Brief anderen Wanderern mitgegeben habe. Das hat mich enttäuscht, und ich weiß nicht, warum sie es getan hat.

Am meisten zu schaffen machen mir die lässig hingeworfenen Sprüche der beiden Leiter. Gestern fragte Frau Gaspardi uns einen nach dem andern, ob wir uns vorstellen können, hier zu sterben. Was soll man darauf antworten?

Schreiben dürfen wir immer noch nicht. Ich habe

vorgetäuscht, daß ich mir die Füße verbinden müsse, und so gelang es mir, mich für ein paar Minuten abzusetzen. Ich hatte nämlich weit weg Stimmen gehört und bin ihnen nachgegangen. Ich hatte aber nicht Zeit, viel zu fragen, weil ich nicht wollte, daß meine Abwesenheit auffällt.

Ich habe nicht gedacht, daß es hier noch wirkliche Wildnis gibt. Manchmal gehen wir stundenlang durch Gebiete, in denen noch nie ein Mensch gewesen zu sein scheint. Manchmal ist mir, als wenn ich nach Hause komme. Oder ich fühle mich so, als hätte ich hier schon mal gewohnt. Bitte sorgt Euch nicht, ich werde es schon schaffen.

Frank

»Siehst du«, sagte die Mutter zu ihrem Mann, »wie sich Franks Handschrift verändert hat?« Der Vater hätte wahrscheinlich Franks Handschrift nicht von der eines anderen Jungen unterscheiden können, aber um seine Frau zu beschwichtigen, sagte er, »Ja, ja.« Sie fühlte sich nicht ernst genommen und wurde dadurch noch unruhiger. »Dir scheint alles nichts auszumachen«, sagte sie nur und ließ ihn mit dem Brief in der Hand sitzen.

Das Gespräch mit der Familie von Demian etwas später brachte nicht viel. Die Mutter sagte nur, daß sie nur noch einen Brief bekommen hätte und danach dann nichts mehr. Der eine Brief hätte von keinen ungewöhnlichen Zuständen berichtet.

Der nächste Brief von Frank hatte einen anderen Charakter. Er schrieb nicht soviel von den äußeren Dingen, die passiert waren, sondern davon, was mit ihm innerlich geschah:

Mutter, Du hast oft gesagt, daß ich nicht dankbar genug bin. Ich verstehe jetzt besser, was Du damit gemeint hast. Nach allem, was bis jetzt passiert ist, ist für mich nichts mehr selbstverständlich. Ich freue mich jetzt, wenn ich morgens aufwache, besonders, wenn ich trotz allem gut geschlafen habe. Ich genieße das Aufwachen. Auch bedeutet mir das Essen mehr als früher. Ich esse bewußter und nicht mehr so schnell. Allerdings verändern sich auch andere Dinge in meinem Leben. Wenn ich versuche, mir den Bahnhof in Bruneck vorzustellen, dann gelingt mir das nicht mehr. Es ist, als wenn er sehr weit weg läge, und dabei bin ich dort erst vor zwei Wochen angekommen. Auch an unsere Wohnung kann ich mich kaum noch erinnern, als wenn ein Ozean zwischen Eurer Welt und mir hier läge. Frau Gaspardi hat übrigens gesagt, daß wir hier wahrscheinlich nicht zur rechten Zeit herauskommen werden, um unsere Rückreise anzutreten. Und Mike, das ist Herr Francobaldi, hat hinzugefügt: »Wenn überhaupt«, und hat dabei gelächelt. Ich rechne jetzt mit allem.

Mit diesem Satz hatte er seinen Brief beendet. Frau Fessler war ganz aufgelöst. Sie konnte nicht verstehen, daß ihr lieber Frank so schreiben würde. »Als könnte er sich nicht vorstellen, in was für Angst er mich damit versetzt.«

Seine letzte Karte, die er auch als letzte bezeichnete, lautete nur:

Ich bin auf eine Bärenfährte gestoßen und möchte der jetzt nachgehen. Ich habe mich selbständig gemacht, ich brauche die anderen nicht mehr. Ich werde nun allein wandern. Es ist wichtig, daß ich das tue. Manchmal wünsche ich, Ihr könntet mich hier jetzt sehen, Ihr würdet mich kaum wiedererkennen. Ich weiß nicht, ob ich Euch wiedersehe. Laßt mich los, dann wird es Euch am besten gehen. Und mir auch.

Die Karte war nicht unterschrieben. Die Eltern unternahmen alles, was ihnen einfiel, aber nichts brachte Resultate. Das Büro in Bruneck war nie besetzt. Die Polizei ihres kleinen Ortes stand in Verbindunng mit der italienischen Polizei, aber da schien nichts zu passieren. Sie lasen die Briefe und Karten immer wieder in der Hoffnung, etwas übersehen zu haben, fanden aber nichts. Als der Zug, für den Frank seine Rückfahrkarte hatte, nach den vier Wochen Freizeit ankam, war er nicht dabei. Einen Augenblick lang meinte die Mutter, Frank ganz am Ende des Zuges gesehen zu haben. Ein Junge, der auch einen Rucksack trug, ging aber quer über die Gleise davon, obwohl das verboten war. Das war sicherlich nicht Frank, und außerdem wäre doch Frank glückstrahlend auf sie zugelaufen, oder nicht?

Die Katze

Er war kurz nach Mitternacht im Auto unterwegs, er kam von seiner Freundin. Zehn Minuten dauerte es vom Nachbarort bis zu seinem kleinen gemieteten Zimmer. Sie hatten einen schönen, harmonischen Abend miteinander gehabt. Er hatte wieder einmal gemerkt, wie wichtig ihm Harmonie war. Natürlich auch Romantik. Wenn er an Liebe dachte, dann zuerst an die weiche, zarte, in der man untergehen kann. Aber sie hatten auch darüber gesprochen, wie hart die Liebe sein kann, die sich trotzdem noch Liebe nennen darf. Es war eins dieser theoretischen Themen, für die sich beide interessierten.

Er fuhr gerade an dem kleinen Stück Wald vorbei, nach dem er einbiegen mußte, um nach Hause zu kommen. Er hatte seine liebste Cassette an und summte mit. Plötzlich sah er vorn neben dem Auto etwas, dann hörte er unter dem Auto den Anschlag. Sein Bremsen war ein Reflex, der zu spät kam. Er hatte etwas getroffen. Hundert Meter weiter hielt er an, wendete und fuhr langsam zurück. Da vor ihm lag die Katze, die er angefahren hatte. Er fuhr an die Seite der Straße, ließ die Scheinwerfer an und stieg aus. Als er auf sie zuging, wollte sie sich bewegen, aber ihr getroffener Körper konnte wenig mehr als nur erzittern. Ihr Bauch war aufgerissen, und die Eingeweide quollen hervor. Unter dem Kopf bildete sich eine rote Lache. Der Rücken war verletzt. Es gab keine Hoffnung. Nur ihre Augen verfolgten ihn, mehr bewegte sich nicht.

Dann begann sie zu jammern. Sie miaute nicht, sondern sie jammerte wie ein kleines Kind. Er erschrak über die Energie, die noch in dem Jammern steckte, als wolle sie sich mit dem Jammern erretten. Aber hier gab es nichts mehr zu retten. Es stand ihr nur ein mühevoller, langsamer Tod bevor. Er erinnerte sich an die Katze seiner Familie, die, als er noch klein war, auch angefahren worden war und sehr langsam über einen ganzen Tag hin starb. Er war damals jede Stunde zu ihr gegangen, auch nachts, um sie zu trösten und zu sehen, ob es ihr vielleicht doch besser ging. Aber sie war gestorben und hatte auch so gejammert. Er hatte es lange nicht vergessen können, und jetzt sah er die Katze von damals wieder vor sich, und er sah sich, wie er damals seinen Vater gebeten hatte, doch etwas zu tun, irgend etwas.

Er schob der Katze eine Hand und den Arm unter den Rücken, als wolle er sie von unten wärmen und halten. Dann beugte er sich vor und sah der Katze in die Augen, um ihr einen Halt zu geben. Er legte alles in seine Augen, als könne die Katze seinen Blick verstehen. Dann nahm er die andere Hand und legte sie behutsam um ihren Hals, in einer liebenden Umarmung, nicht so viel anders, als er es vor zehn Minuten noch bei seiner Freundin getan hatte. Er spürte die kleinen Knochen der Halswirbel, hörte ihren rauhen Atem, sah ihre hilflosen Augen, die nicht wußten, wie ihr geschah. Die unverletzten, etwas gebogenen Beine mit den leichten, lautlosen, gepolsterten Pfoten standen merkwürdig seltsam in die Luft. Sie würden sich nicht mehr anschleichen, nicht mehr nach Fliegen in der Luft schlagen. Was für eine Nacht zum Sterben, dachte er, während er die milde Frühlingsluft spürte und noch das Parfüm seiner Freundin roch, das an ihm hing wie ein fernes Glück.

Dann bewegte er seine Hand plötzlich ruckartig nach hinten und brach der Katze das Genick. Ihre Augen kamen seiner Bewegung nicht nach, so schnell war alles vorbei. Sie verstummte mitten im Jammern, der letzte Ton hing noch in der Luft. Als er ihre gelben Augen, in denen sie schon nicht mehr war, zudrückte, begann er zu weinen und legte seinen Kopf in das Fell dieser fremden Katze, deren sonst so geschmeidiger Leib jetzt immer kälter und härter in seinen Armen wurde. Sein Weinen kam von weit her, strich in einem dunklen Flug über ihn und die Katze, verlor sich und hinterließ nur Leere.

Unglück am Meer

Ich war mal wieder am Meer, an der Küste, die mich schon oft verwandelt hat. Der Küste, diesem Streifen, wo Land und Wasser aufeinanderstoßen, verdanke ich wichtige Einsichten in mich, Erschrecken über Zusammenhänge und Erfahrungen mit dem Glück des Moments, der sich ausdehnt und alles öffnet. Da werde ich weit und ahne etwas von der Größe der Welt. Diesmal sollte die Küste auch der Ort sein, der über Leben und Tod entscheidet.

Wenn ich da bin, wohne ich meistens in einer kleinen Hütte, die mir Freunde zur Verfügung stellen. Alles dort ist einfach. Ein Bett, ein kleiner Holzofen, ein Tisch, zwei Stühle, eine Bank vor der Tür. Kein Telefon, kein elektrischer Anschluß. Keine Post, kein Besuch. Und schon tut sich eine Innenwelt auf, die sich immer wieder als wichtiger als die Außenwelt beweist und die dann nicht mehr zurückzustellen ist. Außer, daß man sich selbst davonläuft, weil man Angst hat vor dem eigenen Glück. Vielleicht ist es auch nicht die Angst vor dem Glück, sondern die Angst, es wieder zu verlieren. Und so redet man sich ein, daß es besser ist, etwas erst gar nicht zu haben, weil man es dann auch nicht verlieren kann. Und was man nie verloren hat, kann man auch nicht vermissen. Aber woher kommt denn diese Sehnsucht und dieses Empfinden, daß es noch viel mehr geben muß als alles, was wir im Augenblick besitzen und begreifen?

Morgens stehe ich mit der Sonne auf, ich weiß nicht, welche Uhrzeit das ist. Ich lasse meine Uhr auch zu Hause, aber mein Körper, von meinen Haaren bis zu meinen Zehen, weiß die Zeit, unfehlbar und ohne die Zeiger, die wir doch nur erfunden haben, die uns aber nicht die wirkliche Zeit anzeigen – nur die Zeit, die sich jemand in Greenwich ausgedacht und festgelegt hat, als hielte sich das Leben daran.

Gleich nach dem Aufstehen, ohne mich erst anzukleiden, gehe ich jeden Tag vor die Tür, um das Meer deutlicher zu hören. Die Hütte steht etwa hundert Meter vom Strand entfernt. Manchmal zieht es mich auch zum Strand. Im Rauschen kann ich meinen Widerstand ablegen, der mich fernhält vom Erfahren der Dinge. So gehe ich in den Sand und die auslaufenden Wellen und gehöre dazu zu dem großen Mosaik. Dann erst hat der Tag begonnen und mich mit in sich hineingenommen. Ich bin dann nicht mehr der Beobachter in der Hütte, der doch nichts sieht und nur so tut, als wäre er beteiligt. Mit sandigen Füßen gehe ich zurück zur Hütte und beginne den Tag zu loben, ohne Worte, ohne Töne, nur in der Art, wie ich die Dinge in der Hütte aufnehme und sie wieder hinlege, oder auf die Weise, wie ich meine Gedanken ordne und das würdige, was ich wahrnehme. Wenn ich fromm wäre, würde ich das wahrscheinlich Beten nennen. Aber ich bin nicht in üblicher Weise fromm, weil ich nichts zwischen mich und das Leben stellen will.

Zum Frühstück mache ich mir etwas Wasser heiß. Ein kleines Feuer im Ofen genügt. Ich genieße es, das Holz langsam und vorsichtig aufzubauen, um es dann mit nur einem Streichholz anzuzünden. Das Wasser muß ich mir auch mitbringen, da es in der Hütte kein Wasser gibt. Ich trinke das heiße Wasser, ohne Kaffee- oder Kakaopulver. Ich verzichte auch auf Tee. Ich trinke einfach nur das klare Wasser, ohne die Verfärbung durch irgendeinen anderen Stoff. Dazu esse ich gewöhnlich ein Stück Schwarzbrot mit Butter und Honig. Schon das Streichen macht mich jedesmal glücklich. Die Butter, die von der kühlen Nacht noch etwas hart ist, streiche ich vielleicht etwas zu dick, das ist eine meiner stillen Leidenschaften, und dann tue ich ganz dünn den Honig drauf. Ich brauche nicht mehr und will auch nicht mehr, dann beschwert es mich den ganzen Tag nicht.

Nach dem Frühstück lese ich oft. Ich wähle Bücher, die mir die Welt öffnen. Manche verschließen die Welt, machen sie undurchlässig, wie sie es eigentlich nicht ist. Je kunstvoller ein Buch ist, desto genauer und deutlicher schildert und beschreibt es die Durchlässigkeit und Einfachheit der Welt. Aber es gibt nicht viele Bücher, die das vermögen, vielleicht weil es nicht viele Schriftsteller gibt, die in die Welt hineingehen können und durch sie hindurch wie durch Luft. Ich bin jedesmal glücklich, wenn ich wieder ein solches Buch gefunden habe. Die Tage dort sind dann erfüllt und erhaben von dieser Durchlässigkeit, und ich selbst beginne mich schon nach einigen Tagen zu verändern. Ich werde leichter, ich spüre manchmal, daß ich kurz vor dem Fliegen stehe, und innerlich tue ich es schon.

Meistens gehe ich vormittags schon mit meinem Zeichenblock nach draußen. Ich lasse mich von den Dingen ansprechen und antworte mit meinen Stiften. So habe ich schon viele Zwiegespräche geführt, und manche davon kann ich fast wortwörtlich wiederholen, wenn ich jetzt meine Zeichenblöcke durchsehe. Ich zeichne die Felsen am Strand, das Treibholz, die Kiesel im Sand, die wellenförmigen Linien, die die Flut hinterläßt, und natürlich immer wieder die Wellen, die sich an den Felsen brechen, ihre Gischt, ihre immer neue und doch alte Gestalt, ehe sie sich brechen.

Um die Mittagzeit esse ich etwas Obst. Oft stecke ich es auch in einen kleinen Rucksack und mache lange Spaziergänge. Ich schließe die Hütte dann nicht ab, und es tut mir jedes Mal gut, den Menschen, die vielleicht kommen könnten, so zu trauen. Es ist noch nie etwas weggekommen. Ich kenne inzwischen den Strand über zwanzig Kilometer in jede Richtung. An manchen Stellen kann ich nur bei Ebbe durchkommen, weil die Felsen, die sich am Wasser entlangziehen, so steil sind, daß man sie nicht überwinden kann. Es gibt dort keinen einladenden Sandstrand, sondern nur die Unwegsamkeit scharfer, spitzer Steine.

Wenn ich von meiner Wanderung zurückkomme, lege ich mich gewöhnlich etwas schlafen. Wenn es warm genug ist, wähle ich den Strand dafür und bin manchmal erst durch die hereinkommende Flut geweckt worden. Erst berühren Wellen nur ab und an die Füße, dann immer häufiger, und endlich überspülen sie Füße, Knie und Schenkel, und es wird Zeit, weiter landeinwärts zu gehen.

Nach diesem Schlaf lese ich meistens wieder etwas. Auch das tue ich oft draußen, wenn es nicht neblig oder zu kalt ist. Hier kann es gerade auch im Sommer neblige Tage geben. Gelegentlich gehe ich auch hinunter zum Strand einige hundert Meter nördlich von hier. Dort gibt es Felsen, die das Wasser bei Flut einfangen und dann nicht wieder freigeben. In diesen kleinen Bassins wimmelt es von winzigen Seetieren. Ich habe schon auf einem einzigen Quadratmeter 200 winzige Krebse gezählt. Ich lege mich dazu auf den Bauch und warte, bis sich die Augen an das dunkle Wasser und die Farben des Seetangs und der Gräser im Wasser gewöhnt haben. Erst dann sieht man die vielen kleinen Tiere, die vor sich hin arbeiten, als wären sie die wichtigsten Tiere im Meer. Und sicherlich sind sie es auch, auch wenn sie kleiner sind als die Wale, die hier jedes Jahr von Norden nach Süden und dann wieder von Süden nach Norden ziehen. Die sind zwar viel größer, aber wer will sagen, daß sie wichtiger sind?

Am Spätnachmittag mache ich mir dann etwas Warmes zu essen. Ich brate etwas Gemüse und Pilze in erlesenen Gewürzen an und schütte das Ganze über Reis. Ich warte, bis ich wirklich Hunger habe, dann schmeckt mir das, was ich koche, immer vorzüglich. Ich wasche nach dem Braten und Essen immer gleich ab, weil es später viel schwerer sauber wird und so mehr Arbeit macht.

Abends schreibe ich bei Kerzenlicht auf, was ich am Tag entdeckt habe. Es ist spannend, das Erlebte und Gedachte in Worte zu übersetzen. Dabei merke ich, daß Worte nie ausreichen. Wenn ich nicht schreibe, dann denke ich. Es gelingt mir manchmal, mich in meinem Denken durch nichts ablenken zu lassen. Dann stoße ich an Dinge, die es für mich noch nicht gegeben hat. Ich kann dann wie ein Kind sein, das zum ersten Mal auf dem Jahrmarkt ist. Meine letzte Handlung am Abend ist, noch einmal nach draußen zu gehen. Wenn es klar ist und die Sterne zu sehen sind, stelle ich mir die Welten vor, die es so unendlich weit weg geben mag. Schmerzhaft erlebe ich manchmal, daß es mir nicht gelingt, größer zu denken als meine menschlichen Vorstellungen. Ich spüre, daß ich in mir gefangen bin. Wenn es bewölkt und dadurch sehr dunkel ist, versuche ich die Nacht zu spüren, die Dunkelheit in mich aufzunehmen und in ihr zu verschwinden. Wenn ich noch nicht einmal die Hand vor Augen sehen kann, fällt es mir leicht zu glauben, daß ich mich aufgelöst habe, hinein in die Dunkelheit. So lebe ich, wenn ich am Meer bin.

An dem Abend, über den ich berichten will, war ich gerade mit dem Essen fertig, hatte schon abgewaschen und merkte, daß es schon zu dunkeln begann. Fast von Minute zu Minute wuchs der Wind, der schon den ganzen Nachmittag geblasen hatte. Die Bäume begannen sich zu biegen, und als ich vor die Hütte trat, merkte ich, wie feucht die Luft war. Der Wind riß das Wasser von der Oberfläche des Meeres und warf es an Land. Im stillen hatte ich auf einen Tag wie diesen gehofft. Ich wollte das wilde, ungestüme Meer sehen, wollte den Sand fliegen hören und die Gefahr fühlen, die in solchen Zeiten vom Meer ausgeht. Jetzt hatte ich den Tag. Ich zog mich fest und warm an und ging zum Strand. Direkt am Horizont erschien ein heller Streifen über dem Meer. Dort kam, gerade als ich am Strand ankam, die Sonne für ein paar Sekunden durch, ehe sie im Meer unterging. Wegen des Windes hatte ich manchmal Mühe, aufrecht zu gehen. Wenn er konstant blies, konnte ich mich auf ihn aufstützen. Ich ging so weit nach vorn geneigt, daß ich eigentlich hätte umfallen müssen, es aber nicht tat, weil der Wind mich hielt. Sollte ich mich auf die Felsen vorwagen? Ich wollte gern die großen Wellen sehen und Zeuge sein, wie sie überkippen und auf den Felsen zerschellen, und so ging ich weiter. Am Ende wagte ich mich bis auf die Spitze der Felszunge, wo der Wind so blies, daß ich manchmal meinte, ich könne nicht mehr stehen und es würde mir gleich so gehen wie dem Mann im Struwwelpeter, der davonfliegt. Dies wäre so ein Abend, wo der Wind einen aufheben könnte, ob man wollte oder nicht. Vielleicht ging ich in einer Abenteuerangst, die mich anzog, so weit auf die Felsen. Ich bin eigentlich kein Abenteurer und habe wenig gefährliche Dinge in meinem Leben getan, aber die Angst vor dem Abenteuer, die zieht mich doch immer wieder an. Angst ist für mich verbunden mit der Dichte des Lebens. Ohne Angst erlebe ich die Welt nicht so dicht und reich, wie sie ist.

Ich wagte mich also auf die Spitze. Man steht dort auf einem ganz schmalen Felsen, der in seinem Grat etwa hundert Meter ins Meer hinausläuft. Links und rechts knallten die Wellen mit voller Wucht etwa sechzig Meter tief in die Felsenengen und auf die einzelnen Felsentürme, die dort die Jahrtausende überstanden haben, auch wenn sie jedes Jahr um Bruchteile von Millimetern kleiner werden. Ich weiß, daß ich bis auf die äußerste Spitze gezogen wurde durch das, was ich dort sehen sollte.

Ich hatte erst einige Minuten dort gestanden, als ich auf einer Welle, die sicherlich fünf Meter hoch war und sich gerade brach, dicht nebeneinander zwei Kajaks mit je einem Paddler sah. Wie sie dort hingekommen waren, und was sie in diesem Wetter dort traten, weiß ich nicht, aber es schien mir unmöglich, daß sie das überstehen würden. Die beiden paddelten gegen die Wellen, um nicht zwischen die Felsen, die dem Ufer vorgelagert waren, zu geraten und dort zu zerschellen. Aber was für schwache Arme hatten sie und was für starke Herzen, es doch immer wieder zu versuchen. Zwischen den Wellen, die sie hoch empor hoben, paddelten sie wie verrückt, schafften einige Meter und wurden dann wieder zurückgedrängt auf die Felsen zu, die in ihrer Härte auf sie warteten. Sie versuchten seitlich zu entkommen, aber die Wellen kippten sie um. Mit Eskimorollen kamen sie wieder nach oben, hielten ihre Paddel fester, entwickelten immer neue Kräfte und gaben nicht auf. Ihr ganzes Leben wurde auf diese Sekunden zusammengedrängt, in denen sich entscheiden würde, was aus dem dürftigen Gewand, mit dem sie ihr Leben angetreten hatten, geschehen würde. Immer näher kamen sie zu mir, der ich nichts machen konnte, als nur dazustehen. Sie wurden auf die Felsen zu gepeitscht, die zerstören oder retten würden. Von meinem Felsengrat aus gab es keine Möglichkeit zu helfen. Ich war hilflos und doch ganz verwickelt in diesem Kampf um Leben und Tod. Unheimlich war es, in all diesem Treiben keinen menschlichen Laut zu hören, sondern nur das feindlich brausende, tosende, sich gefährlich gebärdende Meer. Ich war so gefangen von dem Schauspiel, daß ich nicht sprechen oder schreien konnte, es hätte mich auch niemand gehört.

Dann geschah es. Der Paddler mit der roten Jacke,

später habe ich festgestellt, daß es die junge Frau war, muß mit ihrem Paddel unter Wasser mit der ganzen Kraft ihres Paddelschlages gegen einen Felsen gestoßen sein. Als das Paddel rechts wieder zum Vorschein kam, war es abgebrochen. Ihr blieb nur noch die linke Seite des Paddels, nur noch die halbe Kraft, das halbe Leben, der halbe Tod. Es gelang ihr danach noch weniger, das Boot zu meistern, und schon ein paar Sekunden später wurde sie breitseitig so gegen einen Felsen geschlagen, daß der Kunststoff des Kajaks zerbarst und von ihr nichts zu sehen war. Als sie kurz auftauchte, schlug die nächste Welle mit solcher Wucht über ihr zusammen, daß sie keine Chance hatte. Ein paar Sekunden später erschien sie zwanzig oder dreißig Meter weiter, treibend, an einem anderen Felsen. Das Meer machte mit ihr, was es wollte, es richtete sie auf, schob, schleuderte und drehte sie wie Treibholz. Nichts konnte sie mehr der Gewalt der Wellen entgegensetzen. Wo ist das Leben hin, fragte ich mich dumpf in dem Moment – weil von der ungeheuren Veränderung, die gerade passiert war, nichts zu sehen war. Nichts veränderte sich, die Wellen rannten weiter Sturm, hieben auf die Felsen ein, verliefen sich endlich machtlos am Strand, der Wind heulte weiter, ich stand unbeweglich an der gleichen Stelle. Nur war hier ein Leben ausgegangen. So schrecklich leicht war es geschehen.

Der Paddler in der blauen Jacke kämpfte weiter, aber auch sein Kampf schien verloren. Dann geschah das Unerwartete. Auch sein Kajak trieb seitlich auf einen Felsen zu, gegen den die Wellen schlugen und dessen flache Oberseite sie überspülten. Eine etwas kleinere Welle nahm und drängte ihn gegen die Spitze des Felsens, das Boot hakte fest, kippte ihn auf den Felsen und trieb dann von der Welle gedrückt weiter. Der Paddler lag nun auf dem Felsen, erschrocken, aber unverletzt. Er raffte sich auf und lief ein paar Schritte landwärts, bis die nächste Welle ihn erreichte und zu Boden warf. Er konnte sich festhalten und der Welle widerstehen, dann raffte er sich auf und lief weiter. Weil der Fels zum Land hin leicht anstieg, hatte die nächste Welle schon nicht mehr die Gewalt und reichte ihm nur kraftlos bis zum Knie. Als er in Sicherheit war, schrie ich ihm zu, um mich bemerkbar zu machen. Er sah mich, und langsam kletterten wir aufeinander zu. Es war schon fast dunkel, als wir einander endlich fanden. Ich sagte ihm, daß ich seine Partnerin in den Wellen hatte untergehen sehen, und wir kletterten beide zu dem schmalen Sandstrand, der in gerader Linie von dem Felsen lag, auf dem sie gescheitert war. Ich ging bis an die Knie ins Wasser, spürte die salzige Gischt in der Luft und fand nach kurzer Zeit die Frau. Zusammen brachten wir sie an Land. Als er sich über sie beugte, ging ich ein paar Schritte weiter, um ihn nicht bei seinem Leid zu stören. Dann half ich ihm, den Körper zur Hütte zu tragen.

Wir legten die junge Frau auf das Bett. Eine der Wellen mußte sie rückwärts über einen Felsen gebrochen haben, so wie man ein Stück Holz übers Knie bricht. Ihr Rückgrat war gebrochen, es war nicht mehr fest, und der Körper konnte in beide Richtungen fallen, so wie es nicht sein sollte. Sie war zerbrochen worden, nicht ertrunken. Auf dem Bett lag sie und wirkte nicht tot. Dann sagte mir der junge

Mann, der kaum sprechen wollte, daß es seine Schwester sei und er sie zu dieser Fahrt eingeladen habe. Ich legte einen Arm um ihn, und wir standen eine Zeitlang ganz still in der kleinen Hütte, während hinter uns das Meer immer weiter donnerte, als habe es noch nicht genug an diesem Tod. Aber vielleicht war es auch die Trauer des Meers, vielleicht waren es gewaltige Tränen, die da an Land gingen, Tränen, daß es so gewalttätig ist, ohne es sein zu wollen, Tränen, die wir nicht verstehen.

Wir blieben wach, als könnten wir so die Endgültigkeit des Todes aufschieben. Als die Nacht am tiefsten war, sprach er von dem Glück ihrer gemeinsamen Kindheit, von dem vielen, das sie miteinander geteilt hatten. Und mit jedem Erlebnis, das er erzählte, fiel ihm ein weiteres ein. Er redete sich tiefer und tiefer in das Glück hinein, und für mich wurde seine Schwester immer gegenwärtiger, bis sie von dem schmalen Bett aufstand und strahlend zwischen uns umherging.

Gegen Morgen, es begann eben hell zu werden, schliefen wir beide ein, und die Schwester sprang und lachte durch unsere Träume. Als der Regen später schwer auf das Wellblechdach herunterging, schlug ich mit einem kleinen Beil junge, geschmeidige Erlen, und wir bauten aus ihnen eine Trage, auf die wir sie legten. So konnten wir sie die paar Kilometer bis zu meinem Auto tragen, ohne ihren Rücken weiter zu verletzen. Das schien für uns beide wichtig zu sein. Er, der mir seinen Namen die ganze Nacht nicht gesagt hatte, machte dann mit meiner Kamera einige Bilder von der Hütte, der Trage und von mir. Ich denke, daß er es für die Schwester tat, um ihr später, wo immer er ihr auch wieder begegnen würde, zeigen zu können, wie wir es damals bei ihrem Tod gemacht hatten. Ich prägte mir die Schwester ein, zeichnete sie in meinem Kopf, um sie später in Farben zu malen als Ausdruck meines Glaubens, daß sie nicht tot ist. Das habe ich inzwischen getan, und ihr Gesicht spricht mit der Stimme des Bruders von ihrer Kindheit und Jugend zu mir.

Es war leicht, sie zu tragen. Wir haben sie zugedeckt, aber ihr Gesicht freigelassen. Sie sollte sehen, wie der Wald um sie im Regen glitzerte. Wir sprachen nicht, das tat die Natur um uns, die sich in dem Regen erneuerte. Manchmal war es schwer zu glauben, daß wir eine Tote auf der Bahre trugen.

Das liegt nun schon zwei Wochen zurück. Das Grab hat sich über der jungen Frau geschlossen, die Angehörigen beginnen sich schon, wenn auch nur erst für einige Minuten, daran zu gewöhnen, daß es sie nicht mehr gibt, auch wenn sie morgens beim Aufwachen manchmal noch erschrecken, besonders die Mutter, wenn ihnen wieder einfällt, daß nichts mehr so sein wird, wie es noch vor zwei Wochen war. Nichts. Die Trauer verwandelt alles und verschont nichts. Aber in ganz stillen Momenten kann es sein, daß die Mutter spürt, wie die Trauer ihr eine Tür auftut, hinter der ein Raum von großer Klarheit liegt. Da wird sie Zuflucht finden.

Die Durchsuchung

Markus Bergemann hatte sich etwas früher als sonst hingelegt, aber es war schon fast zehn Uhr abends. Er konnte nicht schlafen und mußte plötzlich an seine Frau denken. Die Scheidung lag schon fünf Jahre zurück, und sie hatten eigentlich nichts mehr miteinander zu tun, seit die Kinder erwachsen waren und ihre eigenen Wege gingen. Seine Frau plötzlich so in seinem Kopf vorzufinden überraschte ihn darum. Aber schon lange hatte er geübt, das Unangenehme nicht zu sehen und nicht zu hören. Noch ehe seine Frau wirklich Gestalt gewann und zu reden begann, war sie wieder aus seinem Kopf verbannt. Eine Dunkelheit, wie die eines fensterlosen Kellers, zog über die Stelle seines Denkens, die seiner Frau gegolten hatte. Jede Erinnerung versank in dieser Dunkelheit.

Als er zur Ablenkung ein Buch vom Nachttisch nahm und unkonzentriert zu lesen begann, floß diese Dunkelheit von seinem Innern auf die Seiten des Buches und verdunkelte alles, was in dem Buch vorkam. Und jeder Satz des Buches, den er nicht verstand, vergrößerte die Dunkelheit in ihm, aber er merkte es nicht. Er versank tiefer und tiefer in einer Unberührbarkeit.

Plötzlich klingelte es. Als er aufstand und sich den Morgenrock umlegte, war er gleichzeitig erleichtert über die Ablenkung und ärgerlich über die späte

Störung. Er wollte nicht mehr öffnen und ahnte im gleichen Moment doch, daß dies vielleicht der Augenblick war, auf den er schon lange gewartet hatte. Er ließ es klingeln, unschlüssig, ob er vielleicht doch wollte, was er eigentlich nicht wollte. Als es das vierte Mal klingelte, wischte er alle Vorstellungen beiseite und ging zu seiner Sprechanlage und fragte, wer dort sei.

»Polizei«, kam die Antwort.

»In welcher Sache«, fragte Markus Bergemann.

Der Polizist schien die Frage im ersten Moment nicht beantworten zu wollen, dann aber sagte er freundlich: »Wenn Sie Herr Bergemann sind, dann machen Sie bitte auf. Wir würden uns gern in Ihrem Haus umsehen.«

Markus Bergemann drückte den Knopf. Nach etwa einer Minute klingelte es an seiner Apartmenttür. Durch die geschlossene Tür bat er die Polizisten, eine Frau und ein Mann, ihre Ausweise an das kleine Guckloch in der Tür zu halten. Dann schloß er auf.

Markus Bergemann war überrascht: »Ja, worum geht es denn, und was suchen Sie? Stehe ich unter Verdacht?«

»Wissen Sie das wirklich nicht, Herr Bergemann? Wir haben einen Anruf bekommen.« Sie begannen in der Küche, machten die Schränke auf, rückten den Kühlschrank ab, räumten die Besen aus dem Besenschrank. Dann gingen sie weiter ins Schlafzimmer, schoben seine Kleider im Schrank hin und her, schlugen seine Decke zurück, hoben die Matratze hoch und sprachen nicht, während er zusah.

»Suchen Sie Drogen bei mir?«

»Nein, es ist ernster.«

Bergemann ging allerhand durch den Kopf. Was, wenn das überhaupt keine Polizisten waren und ihn am Ende ausrauben wollten? Er sah sich schon gefesselt und geknebelt. Da holte er sich das Telefonbuch hervor, suchte die Nummer der Polizei und wählte.

»Polizei.«

»Ja, hier Markus Bergemann. Ich habe zwei Polizisten bei mir in der Wohnung und wollte mich nur vergewissern, daß sie auch wirkliche Polizisten sind.«

»Ja, es sind zwei Beamte von uns bei Ihnen.«

Die beiden Polizisten hatten ihre Durchsuchung unterbrochen und ihm zugehört. Als er aufgelegt hatte, machten sie weiter. Im Wohnzimmer bogen sie Blätter der Pflanzen auseinander, gingen seine Plattensammlung durch, nahmen hier und da Bücher aus den Regalen und stellten alles wieder exakt zurück. Auch das Bad blieb nicht verschont. Sie rochen hier und schüttelten da und fanden nichts. Bergemann konnte sich darüber noch nicht einmal richtig freuen, weil es ja gleich von Anfang an klar gewesen war, daß hier nichts zu finden war. Aber Vorschriften waren Vorschriften. Auch auf dem kleinen Balkon fanden sie nichts, nur seine Unordnung.

»Gehört sonst noch etwas zu ihrer Wohnung?« fragte die Polizistin.

»Nein.«

»Kein Vorratsraum im Keller oder so etwas?«

»Nein. Doch, eine Abstellkammer, aber in der bin ich selbst schon ein halbes Jahr nicht mehr gewesen.«

Während die Polizisten geduldig warteten, suchte Markus Bergemann nach dem Schlüssel. Dann gingen sie zu dritt in den Keller und suchten an den Verschlägen die Nummer, die seiner Wohnung entsprach. Als er versuchte aufzuschließen, merkte er, daß der Schlüssel verbogen war. Erst als er ihn seitlich drückte, sprang das Schloß auf. Die Polizisten hoben einige Kartons an, merkten, daß sie leer waren, stellten sie wieder hin, schoben ein Paar Ski beiseite und fielen fast über Bergstiefel, die aus dem letzten Jahrhundert zu stammen schienen.

»Und was ist da drin«, fragte die Polizistin und zeigte auf einen großen, tiefen Schrank, der schon seit Generationen zu der Bergemann-Familie gehört hatte.

»Ich glaube, ausrangierte Kleider. Ich weiß es selbst nicht genau.«

Der Schrank war nicht abgeschlossen, und die Polizistin machte ihn vorsichtig auf. Beide Türen. Da waren alte Mäntel, eine Uniform vom Zweiten Weltkrieg, Stoffreste auf Bügeln und unten, halb durch einige lange Mäntel verdeckt, lag eine Frau. Sie war ganz in die hintere Ecke des Schrankes gedrängt. Als die Polizistin die Mäntel beiseite schob, sah man, daß die Beine der Frau an der Innenseitenwand des Schrankes hochragten. Sie blutete aus einer Kopfwunde. Das Blut war über ihre helle Bluse gelaufen und hatte sich zu einer kleinen Lache auf dem Boden des Schrankes gesammelt. Die Verwundung war ganz frisch, und die Frau schien bewußtlos zu sein.

Einen Augenblick waren alle still, dann fragte die Polizistin: »Kennen Sie die Frau?«

Markus Bergemann hatte die Frau gleich erkannt, sah jetzt aber näher hin, als könne er es nicht glauben, und sagte dann tonlos: »Ja, das ist meine Frau.« Dann korrigierte er sich und sagte: »Ex-Frau. Wir sind seit fünf Jahren geschieden.«

»Ja, das wissen wir«, sagte die Polizistin.

Bergemann wußte, daß man ihn verdächtigen würde, und ging sofort in Verteidigung.

»Ich weiß nicht, wie sie hierher gelangt ist. Ich verstehe das nicht. Ich verstehe das nicht.« Aber bei seinen Beteuerungen spürte er eine seltsame Erleichterung, die er sich nicht erklären konnte.

»Hat noch jemand einen Schlüssel zu diesem Verschlag?«

»Nein, nein. Ich verstehe überhaupt nichts mehr. Ich verstehe überhaupt nichts mehr.«

»Manchmal ist das ein guter Anfang«, sagte der Polizist, und Bergemann verstand nicht, was er damit meinte.

Während der Polizist eine Ambulanz anrief, sprach die Polizistin zu ihm. »Herr Bergemann, wir haben das schon öfter erlebt. Es überrascht uns nicht. Wir stellen oft fest, daß ein geschiedener Mann keine Ahnung zu haben scheint, wie es seiner Ex-Frau nach der Scheidung ergangen ist. Ich brauche Ihnen wahrscheinlich nicht zu sagen, daß es insgesamt nicht gut für Sie aussieht, aber ich will nicht urteilen, bis wir alle Fakten zusammen haben. Ihre Frau wäre vielleicht verblutet, wenn wir sie nicht gefunden hätten. Wir werden Sie jetzt nicht verhaften, bitten Sie aber, die Stadt nicht zu verlassen. Wir hoffen, daß Ihre Frau nicht zu schwer verletzt ist. Wenn wir in Erfahrung gebracht haben, wie Ihre Frau in diesen Zustand gekommen ist, melden wir uns wieder bei Ihnen. Wenn Sie etwas zu sagen haben, melden Sie sich bei der Polizei. Ein Geständnis macht alles immer einfacher.«

»Können Sie mir wenigstens sagen, wer bei Ihnen angerufen hat?«

»Eigentlich ist das nicht meine Sache, und wahrscheinlich sollte ich es Ihnen nicht sagen, aber ich will eine Ausnahme machen. Ich erinnere mich, daß es ein Herr Bergemann war. Mir fiel gleich auf, daß der Anrufer und der Angezeigte denselben Namen hatten.«

Während die Polizistin das sagte, drehte Markus Bergemann sich langsam um, als vermute er jemand hinter sich. Als er dort niemand sah, fiel er ein Stück in sich zusammen. Die Dunkelheit in ihm war wieder da, aber sie lag nicht nur an einer Stelle, sondern sie bewegte sich, als müsse sie nicht für immer auf ihm lasten.

Bergemann sah zu, wie die Ambulanz seine Frau einlud und davonfuhr. Dann kamen die Beamten von der Kripo zur Spurensicherung. Als er wieder in seiner Wohnung war, standen die Fragen, die er schon lange nicht mehr gehört hatte, mächtig in ihm auf, und plötzlich traute er sich selbst nicht mehr. Er hatte seine Frau doch seit einem Jahr nicht mehr gesehen, oder war sie heute hier gewesen? Wie war sie verletzt worden? Habe ich das getan? Und ganz in Gedanken faßte er immer wieder an die Stelle an seinem Kopf, wo er die Wunde seiner Frau gesehen hatte.

Und ohne, daß ihm jemand etwas sagte, und ohne, daß er je vorher in dieser Situation gewesen war, wußte er, daß dies gerade erst der Anfang von etwas war, das sein Leben erschreckend und beglückend verändern würde.

Fliegende Landschaften

Es gibt Landschaften, die sich in einem unbeobachteten Moment aufrollen und ihren Ort verlassen, um wie eine Fahne, eine Banderole oder auch eine lebendig gewordene Landkarte durch die innere Bilderwelt von Menschen zu ziehen. Diese Menschen wissen nicht, wie ihnen geschieht. Sie spüren nur eine zunehmende Sehnsucht nach dieser Landschaft, ohne daß sie es sich erklären können.

Das Wichtigste daran ist, daß Menschen, die diese Heimsuchung erleben, diese Heimat dann suchen und viel mehr finden, als sie gesucht haben. Zwischen der Landschaft und dem Inneren des Menschen sind feine Fäden gespannt. Sei es die Wüste, seien es die Berge, sei es der Strand oder der endlose Ozean selbst, sei es die leere und doch so volle Tundra, seien es die Buchen- oder die Birkenwälder, sei es die Enge oder die Weite, die eine Landschaft verkörpert – jede Landschaft hat eine Entsprechung im Inneren des Menschen. So findet sich die azurblaue Mittelmeerbucht direkt in der Seele eines Menschen wieder. Tiefblau mag sie in dir gelegen haben, ohne daß du es wußtest. Die Birke in der finnischen Weite in dir hat schon lange auf die Birke in der finnischen Weite, die es zum Anfassen gibt, gewartet. Sie umarmen einander, wenn es diesem kleinen Teil Finnlands gelingt zu dir zu kommen. Und die Wüste, die ein Mensch in sich spürt, weil es der Ort ist, in dem sich der Betreffende konzentrieren kann auf das, was wichtig ist – diese Wüste in der Seele will der geographischen Wüste begegnen, ob es die Sahara, die Gobi oder die Mojave ist. In den Landschaften entfalten wir, was wir entfalten müssen. Wir geben uns der Natur, und die Natur gibt sich uns.

Es gibt verschiedene Möglichkeiten, diese Landschaften zu fangen. Für die meisten von uns, die wir es schon lange praktizieren, ist es mit geschlossenen Augen das Sicherste. Ganz locker schließen wir die Augen, schließen sie nur für die Welt, die in dem Moment um uns liegt, und gleichzeitig öffnen wir sie für die andere Welt, die wir anziehen wollen oder die auf uns wartet. Kaum haben wir die Augen geschlossen, da segelt schon eine Landschaft zu uns. Dann heißt es, die Augen noch ein klein wenig länger geschlossen zu halten. In dem Moment macht die Landschaft dann einen »imprint«, sie drückt sich ein. Wenn man danach die Augen öffnet, verliert man die Landschaft trotzdem nicht wieder. Einige Experten meinen sogar, daß eine chemische Reaktion stattfindet zwischen der Landschaft und den Gehirnzellen des Empfängers. Das wird uns die Zukunft noch klarer sagen können.

Die zweite Methode (ich schäme mich ein wenig für das Wort in diesem Zusammenhang) wird das »Versenken« genannt. Man nimmt irgend etwas und widmet sich diesem sehr intensiv. Anfänger favorisieren gewöhnlich Blumenkelche oder fließendes Wasser, in einem kleinen Bach aus der Nähe betrachtet. Man begibt sich also in den Blumenkelch, steigt gewissermaßen in ihn hinein, tiefer und tiefer, in dem Wissen, daß in diesem Blumenkelch bereits die ganze Welt existiert, und entdeckt ab einer gewissen Tiefe dann auch tatsächlich die ganze Welt. Die unterschiedlichsten Landschaften können so in dem Betrachter entstehen. Es gibt da keine Begrenzung außer der Grenze, die sich in der Vorstellungskraft des einzelnen befindet.

Den dritten Weg nennen wir den »Wortweg«. Jedes Wort besteht aus einem Kern und einem Umfeld. Der Kern ist begrenzt, aber das Umfeld ist unbegrenzt. Ein Wort kann sich ins Endlose ausdehnen, ausweiten. Nimmt man das Wort »Fluß« zum Beispiel, dann entstehen Bilder von der Elbe, dem Mississippi, der Aare, dem Rhein, der Donau, dem Fraser. Bleibt man dann aber dabei und benügt sich etwa nicht mit dem Wort »Fluß« und dem Bild Elbe, dann beginnen die geahnten und die ungeahnten Landschaften aufzutauchen. Über das Wort entsteht die Welt. Wir sprechen da von »Wortweitung« und »Expansion des Wortes«. Dies ist eine Methode, die von Dichtern schon lange gebraucht wird.

Manchmal gelingt es einer Landschaft, die im Begriff ist, sich aufzurollen, nicht, ganz ohne Menschen an ihrem Rand zu sein. Die, die wir uns schon lange damit befassen, haben festgestellt, daß es passieren kann, daß manche Landschaften mit den Menschen auf ihnen, ja sozusagen mit Mann und Maus, davonsegeln und in dem Kopf eines Menschen auftauchen. Diese mitgenommenen Menschen merken gar nicht, daß sie einige Sekunden lang nur noch in dem Kopf (und natürlich in dem Herzen) eines anderen Menschen existieren. So behutsam startet und landet die Landschaft. Es gibt nicht die geringste Erschütterung, außer vielleicht in den Landschaften, zu denen auch Erdbebengebiete gehören, wie zum Beispiel das sanfte Tal um San Andreas in Kalifornien. Da weiß dann niemand, ob es das Starten und Landen der Landschaft war, das die Erschütterung hervorgerufen hat, oder ob es tatsächlich wieder einmal ein auf der Richter-Skala kaum erfaßbares Beben gegeben hat.

Ich habe das Glück gehabt, schon zweimal in der Natur zu erleben, wie sich eine Landschaft davonmacht. Das erste Mal war es in der norddeutschen Ebene, in der Nähe von Husum. Ich stand am Rande der Straße und blickte in eine Wiese mit Kühen und einzelnen Birken, als ich plötzlich sah, wie sich die Wiese von links nach rechts aufzurollen begann. Sie rollte sich nicht eng auf, sondern blieb ganz locker, so daß sie zu einer Art fliegendem Teppich wurde. Allerdings standen dadurch die Kühe einen Augenblick seitlich, horizontal in der Luft, und eine der Birken stand sogar ganz auf dem Kopf. Ein Stück des Himmels wurde auch mit aufgerollt, so daß die sich türmenden Wolken auf dem tiefen Blau ineinanderpurzelten. Ich stand nur einige Meter von dem Stück, das abhob, entfernt. Das Stück war etwa fünfhundert Meter breit, von links nach rechts vor mir, und vielleicht nur dreihundert Meter tief, von mir in Richtung Horizont gerechnet. In dem Moment, in dem das Ganze verschwand, entstand ein Loch in der Landschaft, und für den Bruchteil einer Sekunde sah ich das ganze Loch erfüllt mit dem Profil eines schlafenden Mannes auf einem weißen Kissen.

Ich hatte das Geschehen gerade erst wahrgenommen, als in der gleichen Bewegung, wie die Landschaft von links nach rechts weggeflogen war, sie wieder von rechts nach links zurückkam und vor meinen Füßen landete. Es geschah so schnell, daß, wenn ich genau in dem Moment geblinzelt hätte oder zurück zum Auto gesehen oder mir die Augen gerieben hätte, weil sie vom Wind tränten, ich alles verpaßt hätte. Ich ging sofort die paar Meter vor an die Nahtstelle, wo die Landschaft sich abgetrennt hatte, und konnte nicht den geringsten Schaden feststellen. Nahtlos hatte sie sich abgetrennt und wieder angesetzt.

An dem Abend saß ich ein wenig in Meyers Krug, um mich an dem Plattdeutschen zu erfreuen, als ich einen Mann von der norddeutschen Flachlandschaft schwärmen hörte. Es stellte sich heraus, daß er von Frankfurt war und hier einen Entspannungsurlaub machte. Ich fragte ihn, nachdem wir ein wenig ins Gespräch gekommen waren, was er am Nachmittag so gegen zwei Uhr gemacht habe. Er sagte, er hätte einen Nachmittagsschlaf gehalten, wie er sich das zu Hause nie genehmige, und hätte wunderbar geträumt, wisse aber nicht mehr was. Als ich ihm dann sagte, er habe von einer mit Birken umrandeten Wiese geträumt, auf der Kühe weideten und über der sich weiße Wolken türmten, und von einem grenzenlosen Frieden, der auf der Landschaft ruhte, da staunte er und sagte: »Ja, das mit dem Frieden war so, und an das Bild, das Sie gerade gemalt haben, erinnere ich mich auch, aber wie haben Sie das gewußt?« Ich lächelte nur, wünschte ihm noch schöne Tage in dieser Weite mit dem großen Himmel und ging. Noch jetzt, und es ist schon viele Jahre her, schätze ich mich glücklich, daß ich Zeuge dieses Wunders sein durfte.

Das zweite Mal geschah es in der Wüste. Ich war mit meiner Kamera im Rucksack unterwegs durch die Wüste in Utah. Gerade hatte ich mein Stativ mit Kamera vor einer Steinformation aufgebaut, als ich vor mir ein Klappern hörte. Es war eine Klapperschlange. Ich hatte sie in der heißen Sonne gestört. Sie stellte sich auf, und ich hielt den sicheren Abstand, fand mich aber doch von ihr angezogen. Schnell stellte ich meinen Selbstauslöser an der Kamera ein und hoffte, daß es mir gelingen würde, ein Bild von mir mit der Schlange aufzunehmen. Ich löste aus und ging ins Bild hinein, auf die Schlange zu. Genau in dem Moment geschah es. Ich sah, wie sich die Landschaft vor mir zu wellen begann, und spürte plötzlich Wind in den Haaren. Ich flog. Es geschah alles sehr schnell. Meine Kamera war nicht mitgekommen, weil die Grenzen des abgetrennten Stückes gerade zwischen dem Stativ und mir verlief. Ich stand einen Augenblick lang Kopf, fiel aber nicht um. Ich spürte auch, daß ich in dem Moment ganz leicht wurde, fast wie ein Löwenzahnfallschirm. Meine Leichtigkeit hing damit zusammen, daß ich keine Vorstellungen mehr hatte, sondern leer war für das, was passierte. Genau im Moment der Leere wurde alles so dicht und unglaublich sinnlich, daß ich dafür keine Worte habe. Die Steine, die ich im Begriff war zu fotografieren und die jetzt mit mir durch den Raum reisten, strahlten eine Herrlichkeit aus, die ich noch nie so erlebt hatte. Ich selbst spürte mich, spürte mein Leben in einer Dichte, die kaum zu ertragen war, und der Himmel, der mich in der gerollten Landschaft zu zwei Dritteln umgab, war von einem solchen tiefen, anziehenden Blau, daß ich in ihm hätte auf immer verschwinden mögen. Während ich mit der Landschaft flog, konnte ich ab und zu auch an dem Stück Wüste, auf dem ich mich befand, vorbeisehen und sah dann die Landschaft unter mir. Mir schien es, als flögen wir zwei oder drei Kilometer hoch über der Erde, und unter uns lag die Weite der Wüste. Alles wurde in dem Moment durch die ungeheure Schönheit der Erde relativiert. Wahrscheinlich ähnelte mein Gefühl dem der Astronauten, die die Erde vom Weltraum aus sehen. Ich war zwar nur einige Kilometer hoch, aber die Verklärung der Welt begann von hier aus schon sichtbar zu werden. Ich vermute, daß die Zeit in diesem Vorgang auch verlangsamt abläuft. Und so hatte ich viel Ruhe, die Welt zu betrachten und in mich aufzunehmen, auch wenn das alles in nur Bruchteilen einer Sekunde geschah. Die Klapperschlange, die noch gerade vor mir ängstlich aufgerichtet gestanden hatte, war jetzt um meinen nackten Arm gerollt, und ich spürte keine Furcht. Es war richtig so, wie es war.

Dann sah ich ganz plötzlich durch Augen, von denen ich wußte, daß es nicht meine waren, spürte eine Fremdheit, die mich faszinierte, und hörte eine Sprache, die ich nicht kannte. Ich war in dem Kopf eines Menschen. Vielleicht ist Kopf nicht das richtige Wort, ich war in dem Wesen eines anderen Menschen. Ich brauchte die Sprache auch nicht zu verstehen, weil ich wußte, was gesagt wurde, ich »wußte« es, ohne daß ich Worte wiederholen konnte. Und dann geschah das, was ich nicht für möglich gehalten hätte: Die Landschaft, die ich schon so dicht und sinnlich erlebt hatte, verdichtete sich noch mehr durch die Liebe zur Landschaft, die ich in dem Wesen des Menschen und in mir selbst spürte. Das war der heilige Moment, der nicht zu beschreiben ist. Ich verbinde ihn mit dem roten, vielfältig gemaserten Gestein der Wüste, den blauschwarzen Haaren, die ich hatte, mit der Klapperschlange und ihren diamantenen Formen auf dem Rücken und dem Himmelsblau, unter dem sich alles abspielte.

Ich merke, daß ich schon beim bloßen Erinnern wieder ins Schwärmen gerate. Alle, die dies schon erlebt haben, werden wissen, was ich meine. Allen anderen kann ich nur empfehlen, sich für dieses Erlebnis offenzuhalten. Später mußte ich unwillkürlich an den brennenden Busch denken, von dem uns im Leben Moses berichtet worden ist. Ich weiß nicht, ob es da Zusammenhänge gibt, kann es mir aber vorstellen. Auch jetzt, Jahre später, spüre ich oft die Sehnsucht nach der Leere der Wüste, der dann die unermeßliche Dichte des Lebens folgte. Manchmal ist es geradezu schmerzhaft, weil ich weiß, daß es diesen Zustand gibt, wo man frei ist von seiner eigenen Vergangenheit und seiner vorgestellten Zukunft, nicht mehr gebunden an Ort und Zeit.

Als ich am Nachmittag nach dem Erlebnis in einem kleinen Geschäft in Page, Arizona, Obst und Joghurt einkaufen ging, lächelte mich die Navajo-Indianerin an der Kasse an und sagte: »Don't I know you from somewhere?« Ich versicherte ihr, daß sie mich nicht kennen könne, weil ich noch nie in Page gewesen sei, aber ich merkte, daß sie mir nicht ganz glaubte und mich mit ihren Blicken verfolgte, bis ich wieder in meinem VW-Bus war.

Erst später ging mir auf, daß sie es vielleicht gewesen war, durch deren Augen ich die Welt gesehen und deren Sprache ich gehört hatte. Ich fuhr darum am nächsten Tag wieder zurück in das Geschäft. Als ich eintrat, drehte sie der Tür gerade den Rücken zu und unterhielt sich mit einer anderen Frau auf Navajo. Ich erkannte die Sprache wieder, konnte aber nichts verstehen, auch nicht ahnen, wovon sie sprachen. Die Heiligkeit des Moments vom Vortag war vorbei, aber in mir lebten die unauslöschlichen Eindrücke dieses Erlebnisses, die mich für den Rest meines Lebens begleiten werden.

Auch diese Landschaft, wie die norddeutsche Ebene, sehe ich jetzt anders als zuvor. Ich sehe sie jetzt durch die Augen eines Navajo-Indianers. Ich halte die Wüste mit ihrer Leere heilig. In ihr entdecke ich immer wieder neu, daß die Welt größer ist, als ich sie denken kann. Und über die Sehnsucht, die ich von der Landschaft gelernt habe, finde ich zu den Geheimnissen in mir, die entdeckt werden wollen. Sie ist mir Schlüssel zu mir selbst.

Die Sache mit dem Fleisch

In unserem Land ist es so, daß wir jedes Jahr unsere Genehmigung zum Fleischessen verdienen müssen. Das wurde vor einigen Jahren eingeführt, und auch wenn sich zu Anfang viele darüber aufgeregt haben, so hat es sich doch durchgesetzt, und wir haben es alle so angenommen, wie es die Regierung, die Landwirte, die Schlachthäuser, die Metzgereien und Lebensmittelgeschäfte geregelt haben. Jeder von uns kann nur mit dem Erlaubnisschein, wir nennen ihn einfach »Fleischschein«, Fleisch kaufen.

Wer den Fleischschein für eine Familie besorgt, das wird nicht von der Regierung bestimmt. Im Falle unserer Familie habe ich als Vater das bisher getan. Auf unserem Schein sind wir dann zu viert abgebildet. Oben das Bild dessen, der die Erlaubnis »verdient« hat, und darunter die, die aufgrund dieses Verdienstes mit dem Schein Fleisch kaufen dürfen. In unserem Falle ist das dann meine Frau, unsere zwölfjährige Tochter und unser fünfzehnjähriger Sohn. Auf dem Schein sind dann auch noch die Fleischkategorien angegeben. Als mit dieser Sache begonnen wurde, gab es nur vier Kategorien: Rindfleisch, Schweinefleisch, Lammfleisch und Geflügel. Bald kamen dann noch Wild und Kalbfleisch als zusätzliche Kategorien dazu. (Man spricht davon, im nächsten Jahr noch die Kategorie »Meeresfrüchte« hinzuzufügen.) Diesen Schein bekommen wir dann in einer vierfachen Ausführung, so daß jeder von uns damit Fleisch einkaufen kann.

Auch in Restaurants darf ein Kellner nur dem Gast Fleisch servieren, der schon bei der Bestellung seinen Fleischschein vorgelegt hat. Der Keller und das Restaurant machen sich sonst strafbar. Wer dabei erwischt wird, Fleisch ohne Fleischschein zu servieren oder zu essen, hat entweder eine Geldstrafe zu zahlen oder muß einen Tag, oder gar eine Woche ohne Bezahlung in einem Schlachthaus arbeiten.

Heute ist der Tag, an dem ich die Erlaubnis, Fleisch zu essen, für unsere Familie verdienen muß. Ich muß zu dem Schlachthaus, das für mich die Prüfung abnimmt. Letztes Jahr ist es mir schon schwergefallen, und ich gehe mit Unbehagen dorthin. Man kann die Prüfung auch zu zweit ablegen, sich also gegenseitig Mut zusprechen, muß allerdings die eigentlichen Handlungen allein machen. Ich habe meinen Nachbarn gebeten, mitzukommen, so wie letztes Jahr. Ich weiß, daß er mit der ganzen Sache keine Schwierigkeiten haben wird.

Die Prüfung ist denkbar einfach. Will man die Genehmigung bekommen, Schweinefleisch zu essen, muß man ein Schwein töten. Ißt man gern Huhn, muß man entweder ein Huhn, ein Rebhuhn, einen Fasan oder eine Pute schlachten. Will man die Erlaubnis zum Essen von Wild bekommen, kommt man in den Raum, wo einem meistens ein Reh gegenübersteht. Für jede Fleischkategorie gibt es einen Prüfungsraum. Es wird nicht verlangt, daß man die eigenen Tötungswerkzeuge mitbringt. Das wurde in den ersten Jahren gemacht, aber weil Prüfungskandidaten mit unmöglichen Werkzeugen kamen, hat man alles standardisiert. Früher gab es die Situation, daß Menschen mit total stumpfen Messern kamen, mit Kleinkaliberpistolen, von deren Schüssen die Tiere nicht starben, mit Pfeil und Bogen, die die Betreffenden nicht richtig handhaben konnten, so daß dann der Tötungsprozeß manchmal eine halbe Stunde dauerte, mit Schwertern, die nicht scharf waren, weil es sich um Dekorationsstücke handelte, mit Vorschlaghammern, die in den Prüfungsräumen ein widerliches Blutbad anrichteten und vieles mehr. Jetzt setzt man für jedes Tier die nach neusten Erkenntnissen effektivste Tötungsart ein. Die Prüfungskandidaten und Kandidatinnen, es sind etwa 60 % Männer und 40 % Frauen, wissen also, daß sie ihre Prüfung unter optimalen Bedingungen ablegen, was natürlich nicht heißt, daß sie die ihnen in die Hand gegebene Tötungswaffe perfekt handhaben können, weil dazu Übung gehört.

Auf unserer Fahrt ins Schlachthaus rede ich nicht viel. Für Erik, meinen Nachbarn, ist die ganze Sache wie ein Ausflug. Ich will nicht sagen, daß er es genießt, aber er scheint nicht von derselben Unsicherheit wie ich betroffen zu sein. Er muntert mich manchmal auf und sagt, daß es sich doch nur um Tiere handele. Er macht Witze, die ich nicht lustig finde, und manche seiner untermalenden Handbewegungen, wenn er über das Töten spricht, stören mich.

Wir sind pünktlich um elf Uhr da, werden empfangen und in den Gesamtablauf aufgenommen. Man hat durch die jahrelange Erfahrung eine Durchschnittszeit errechnet, wie lange es dauert, bis ein Tier getötet wird. Dabei hat man in Betracht gezogen, daß es bei manchen Kandidaten Hemmungen gibt, die den Prozeß verlangsamen. Dann gibt es ab und zu sehr zähe Tiere, die einfach nicht sterben wollen und dadurch Verzögerungen schaffen. Für drei Fleischkategorien rechnet man nicht länger als insgesamt zwei Stunden. Ich sehe auf die Uhr. Um kurz nach ein Uhr habe ich alles hinter mir, denke ich. Ich halte mich innerlich an dieser Uhrzeit fest. Ich spüre meine Schwäche, sie ist stärker als im letzten Jahr.

Wir beginnen damit, daß wir uns umziehen. Es wird vom Schlachthof empfohlen, weil es fast unvermeidlich ist, mit Blut bespritzt zu werden. Die Tiere bewegen sich in ihrem Todeskampf sehr ruckartig, und da kann es passieren, daß man etwas abbekommt. Erik hat eine alte Jeans an und ein ausgedientes Flanellhemd, und ich ziehe mir einen Overall über, den ich aus Amerika mitgebracht habe. Er ist groß genug, daß er über meine Straßenkleidung paßt. Erik hat sich auch ein Fahrtenmesser mit einer 20 Zentimeter langen Klinge angelegt, »für alle Fälle«, wie er mir im Auto schon sagte, »falls deren Werkzeuge nicht wirklich funktionieren, habe ich noch eine Reserve«. Jetzt, wo Erik mit seiner alten Armeemütze so vor mir steht, wirkt er wie ein Krieger.

Erik hat die Nummer vor mir bekommen. Ich kann ihn also beobachten. Das Ganze läuft über vier Stationen ab: Auswahl, Begegnung, Handlung und Nacharbeit. Mir fällt heute zum ersten Mal auf, daß bei diesen Begriffen nie auch nur im entferntesten die Rede von Töten ist. Heute rieche ich auch zum ersten mal das Blut in diesem ganzen Gebäude. In den Jahren, die ich dies nun schon tue, habe ich immer wieder seltsame Momente gehabt. Letztes

Jahr stand ich plötzlich außerhalb meines Körpers und sah unseren Fleischkonsum von außen, wie aus der Sicht eines außerirdischen Besuchers. Da hatte das Fleischessen etwas Kannibalisches, das mich anwiderte, aber dieses Gefühl verschwand in ein paar Sekunden. Ein anderes Mal sah ich einem Schaf lange in die Augen, und es entstand eine Kommunikation, wie ich sie nie vorher mit einem Tier erlebt habe. In dem Jahr habe ich meine Erlaubnis für Lammfleisch nicht erworben.

Erik hat sich für Schweinefleisch entschieden. Er muß jetzt von etwa zehn eingepferchten Schweinen eines aussuchen. Er tut es, wählt sich einen großen Eber aus. Das ist der Krieger in Erik, denke ich, er beweist sich bei seiner Prüfung. Das Schwein wird von den anderen getrennt und in eine kleine Einpferchung gedrängt, in der es sich kaum bewegen kann. Dort muß Erik nun eine Minute mit dem Schwein allein sein, und er muß es berühren, die Haut des Schweins mit nackten Händen spüren, Handschuhe sind auf dieser zweiten Station nicht erlaubt. Das ist für den Betreffenden oder die Betreffende nicht gefährlich, da er oder sie von dem Tier durch eine halbhohe Wand getrennt ist. Erik schafft diese zweite Station gut. Ich denke daran, daß man von Schweinen sagt, daß sie intelligenter als Hunde seien. Erik blickt zu mir zurück, lächelt, und ich frage mich, was er wohl denkt.

Jetzt kommt die Handlung. Erik stellt sich an eine Art Pistole, die einen schweren Bolzen hervorstößt. Die Pistole läuft in einer Führung in der Wand der Einpferchung, sie muß also von dem Kandidaten nicht getragen oder gehoben werden. Durch ihre

Lagerung ist es leicht, sie direkt neben den Kopf oder Hals des Tieres zu manövrieren und dann abzudrükken. Erik läßt sich Zeit. »Es muß gleich sitzen«, hatte er mir im Auto schon gesagt, »sonst verliert jemand wie du die Fassung.« Mehrmals bewegt der Eber den Kopf gerade in dem Moment, als Erik abdrücken will, und schafft es, sich aus der Richtung des angesetzten Bolzens herauszubewegen, wenn auch der Raum, den das Tier hat, sehr klein ist. Der Eber kracht gegen die dicken Holzbohlen und quiekt und schreit, er hat längst gemerkt, worum es hier geht. Erik bleibt ruhig. Jetzt, nein, noch nicht. Jetzt, der Bolzen fliegt. Erik hat Glück, der Eber fällt und zuckt nur noch einige Male. »Das Glück, daß es so schnell geht, werde ich nicht haben«, murmele ich. Erik, etwa sieben Meter von mir entfernt, neben dem toten Eber, dreht sich um, kehrt die Handflächen nach oben und scheint zu sagen: »So einfach ist das.« »Ja, Erik, so einfach ist das für dich.« Er kommt zu mir und sagt: »Du bist dran.« Ich sage: »Du, ich wollte die Erlaubnis für Schweinefleisch nicht haben.«

Er sieht mich ungläubig an. Ich überlege, ob es gut war, mit ihm gegangen zu sein.

Erik geht zur Nacharbeit. Er muß dem Schwein die Halsschlagader aufschneiden und das Blut in einem Behälter auffangen. Er kennt das schon und beschmutzt sich dabei nicht mit Blut. Am Ende bekommt er eine Marke, die er dann später gegen die Markierung auf dem Fleischschein eintauschen kann. Ich gebe meine Nummer für Schweinefleisch in einem Moment ab, als Erik mich nicht beobachtet.

Erik ist bei der Wahl einer Kuh. In der Einpferchung sind nur noch sechs. Noch nie habe ich

Kuhaugen so bewußt angesehen. Ich finde sie heute ungeheuer groß und seelenvoll, alle sechs Augenpaare. Sie sind wissend, traurig wissend. »Ist das meine Verfassung?« frage ich mich. Als die ausgewählte Kuh abgedrängt wird, werden ihre Augen noch weiter, sie scheint sie nicht genug aufreißen zu können, es ist ihre Angst. Todesangst. Station zwei. Die Kuh wehrt sich gegen die Berührung, Erik redet ihr gut zu, als hätte er ihr etwas Gutes zu sagen. Station drei. Ich habe schon die Vorahnung, daß es schiefgehen wird. Es geht schief. Erik kriegt einen Strahl Blut ab, ins Gesicht und auf die Brust, und die Kuh ist nicht tot. Er versucht es noch einmal, es klappt nicht, er gibt nicht auf, jemand vom Schlachthaus kommt ihm zu Hilfe. Erik wischt sich das Blut ab. Ihm wird die vierte Station geschenkt. Hier hätte er sonst als Nacharbeit die Kuh eines Kandidaten vor ihm in ofengroße Braten, Steaks und andere eßbare Portionen aufschneiden müssen. Als ihm seine Marke trotz des Mißlingens gegeben wird, finde ich das unfair. Ich merke, daß ich auf der Seite der Kuh bin. Erik dreht sich nicht zu mir um. Auch hier gebe ich meine Nummer ab, ohne es erst zu versuchen. Wir können ohne Rindfleisch leben.

Ich weiß, daß Erik Kalbfleisch gerne ißt. Aber ich sehe, wie er an den Kälbern vorbeigeht. Das mit der Kuh hat sogar ihm zugesetzt. Die Augen der Kälber, an denen ich vorbei muß, sind noch größer als die Kuhaugen. Das heißt, die Augen sind fast so groß wie die der voll ausgewachsenen Kühe, aber die Köpfe der Kälber sind kleiner, sie sind ja meistens erst drei Monate alt, darum wirken die Augen so groß. Ich sehe weg, höre schon zu viel und beschleunige meine Schritte.

Lammfleisch wollen weder Erik noch ich. Meine letzte Möglichkeit liegt beim Geflügel. Erik ist schon dort. Zur Prüfung hat man heute Rebhühner und Fasanen an Stelle von Hühnern vorbereitet. Sie sind in einen ganz niedrigen Raum gesperrt, damit sie nicht hoch fliegen können. Beim Geflügel gibt es verschiedene Tötungsarten. Da viele es aus früheren Zeiten gewohnt sind, diese Sache mit einem einfachen Beil auf einem Holzklotz abzumachen, ist dies hier auch ein Angebot. Erik wählt es. Erst fängt er einen Fasan mit seinen Händen (darum muß die zweite Station hier nicht abgeleistet werden), bringt ihn in den Nebenraum, wo der Holzklotz mit dem Beil steht, und schon ist es geschehen. Nachdem Erik ihn losgelassen hat, läuft der Fasan auch ohne Kopf gegen die Wände, und der Kranz seiner bunten Federn um den Hals (es ist ein Männchen gewesen) wird mit jeder Bewegung blutiger, bis der Vogel endlich liegenbleibt.

Die Nacharbeit hier besteht in einem fast rituellen Rupfen der Federn. Erik deutet nur an, daß er es tut, da bringt ihm ein Angestellter schon seine Marke und lädt den Fasan auf ein Fließband, das den Vogel in den Hauptteil des Schlachthauses führt, wo das Rupfen und weitere Zubereiten klinisch sauber und exakt und vor allem schnell gemacht wird, weil in dem Moment Hunderte, wenn nicht Tausende in Restaurants in unserem ganzen Lande sitzen, Fasan bestellt haben und nicht warten können.

Ich will es wenigstens versuchen. Ich knie vor dem niedrigen Verschlag mit den Rebhühnern und Fasanen, bekomme aber keinen Vogel zu fassen. Als ich endlich einen habe und ihn an mich ziehe, schlägt er so stark mit den Flügeln, daß ich ihn erschrocken wieder loslasse. Ein Rebhuhn schafft es in dem Moment, an mir vorbei in den Gang zu laufen, und wird dort von einem Angestellten gejagt. Ich gebe auf.

Erik ist inzwischen weitergegangen. Der Erfolg mit dem Fasan muß ihm wieder neu Mut gemacht haben. Er ist zu den Rehen gegangen. Ich gehe nicht mit. Ich stelle mir vor, was dort passiert, ich muß es nicht sehen. Schon die Vorstellung macht mich fast krank. Zu Rehen habe ich ein besonderes Verhältnis, seit ich sie als Kind manchmal an nebligen Herbstabenden am Rande unseres Dorfes beobachtet habe. Ich habe den Schein für Wild nie machen können, und darum haben wir seit Jahren kein Wild mehr gegessen.

Erik kommt nach zehn Minuten mit seiner vierten Marke und will mir erzählen, wie es ihm bei den Rehen gegangen ist. Ich bitte ihn, mich zu verschonen. Er will meine Marke für das Geflügel sehen, ich erkläre ihm, daß heute nicht mein Tag war. Ich merke, daß das eine Art Ausrede ist, und ärgere mich über mich selbst. Ich sollte sagen, was ich fühle, aber das schaffe ich noch nicht. Vielleicht gehe ich nächstes Jahr überhaupt nicht hin. Erik meint mich zu trösten, wenn er sagt: »Du, wir laden euch dann mal zum Fleischessen ein.« Ich antwortete nicht.

Zu Hause muß ich mich übergeben und lege mich dann ins Bett. Meine Frau und meine Tochter verstehen und drücken mich. Mein Sohn sagt, daß er nächstes Jahr sechzehn wird und es dann für uns versuchen kann.

In einem Moment

Als er vierzehn war, traf er ein gleichaltriges Mädchen, das ihm erlaubte, eine Grenze zu übertreten. Sie warf sich ihm nicht in die Arme, und er berührte sie nicht. Sie sagte nichts, sie bewegte sich in den Sekunden auch nicht. Es passierte nur in und mit den Augen. Sie suchten beide das Abenteuer, ohne zu wissen, was das bedeuten könnte. Und so ließ sie ihn in ihre Augen ein und durch die Augen in das heilige Land ihres Wesens, in die verletzliche Landschaft ihrer Offenheit für das Leben. Sie tat es auch, als sie merkte, daß er ihr Inneres wie eine wilde Landschaft betrachtete und bereit war, diese zu verwüsten.

Sie spürte ihn in den Sekunden in dieser Landschaft: seine Stiefel auf der Erde, die Härte des Eroberers, die Rücksichtslosigkeit des Beherrschers, die Wucht seines Willens. Und sie wußte, daß er wußte, was geschah. Und doch war sie so fasziniert von ihm und von sich selbst in dieser Lage, daß sie sich nicht abwenden konnte. Erst als sie die Kälte des Abstandes von ihm spürte, fand sie wieder zu sich. Als sie danach zitterte, schob sie es auf den kühlen Abend.

Sie hat es nicht vergessen, aber sie weiß nicht, wie sie es deuten soll. Es hat immer etwas in ihr gegeben, das sich erinnert hat an das Gefühl in den Sekunden. Nicht das Gesicht des jungen Mannes, nicht das

Zimmer und die wenigen Worte, die zwischen ihnen fielen, nichts von dem war geblieben. Nur das Gefühl einer kaum faßbaren Schändung, das nie deutlicher wurde, durchzog sie wie eine dunkle Wolke und beschattete ihr Selbstverständnis.

In einem stillen, tiefen, manchmal fast verzweifelten Wiederholungszwang brachte sie sich immer wieder in ähnliche Situationen, um das Widerstehen zu lernen und sich treu zu bleiben. So wollte sie die Schändung rückgängig machen. Aber es gelang ihr selten, und langsam wurde es zu ihrem Wesen, zu glauben, daß sie für diese Verwüstung dazusein habe, daß sie als Frau dieser Beherrschung und Eroberung keinen Einhalt gebieten dürfe, weil sie kein Recht dazu habe. Aber für diese Wahrnehmung hatte sie keine Sprache, und so blieb ihr das, was sie bestimmte, fremd.

Und er hat bis heute nicht vergessen, daß es möglich ist, in Augen einzudringen und eine innere Landschaft zu verwüsten mit Stiefeln, Worten und mit Schweigen. Herr zu sein, Schmerzen zuzufügen, die bei seinem Gegenüber eine Art verbogenes Glücksgefühl mit sich bringen, weil es überhaupt eine Berührung gibt, wenn auch eine zerstörerische. Er empfindet es immer noch als sein Recht, Grenzen zu übertreten. Heute will er nicht mehr aus Neugier oder aus Eroberungsdrang in das Leben einer Frau einbrechen, sondern weil er getrieben wird von dem Wunsch, zu mißachten und zu entwürdigen. Und vielleicht bestraft er immer noch das Mädchen von damals, weil sie ihm den Eintritt so leicht gemacht hat. So bewegt er sich wie einer, der unfähig zur Begegnung ist. Aber wer weiß, ob er nicht zutiefst wünscht, geliebt zu werden mit der Zartheit sich vortastender Liebe.

Doch mit einer stillen Verzweiflung, die so tief liegt, daß er ihr nie in ihrer wahren Gestalt begegnet, trägt er nun schon lange die harten Stiefel auch in seinen eigenen Gärten und Feldern. Seine Verachtung trifft alles, was er berührt. Und so stirbt Leben. Auch seines.

Vater und Sohn

Er hatte es schon wochenlang aufgeschoben. Eigentlich wollte er seinen Vater nicht besuchen. Er hatte Angst, daß einer von ihnen beiden etwas sagen würde, was er nicht wirklich meinte. Krankenhauszimmer können das auslösen. Wie der Vater seine Schwiegertochter ablehnte, die Frau, für die sich sein Sohn entschieden hatte, das konnte man nicht schnell mit ein paar guten Worten aus der Welt schaffen. Er wußte, daß er das aushalten mußte, auch ihretwegen.

Während er auf den Beginn der Besuchszeit wartete, sprach er mit den Schwestern auf der Station. Sie erzählten ihm die Trauergeschichte des Mannes in dem Zimmer neben seinem Vater, der über achtzig war und jeden Tag auf seinen Sohn wartete. »Die beiden haben sich seit dreißig Jahren nicht gesehen, entzweit und dann aus den Augen verloren. Sie glauben gar nicht, wie oft das passiert. Der Vater hat Krebs, nichts funktioniert mehr richtig, er ist fast blind, aber er kann nicht sterben, hält am Leben fest, bis er seinen Sohn wiedersieht. Seine Frau ist letztes Jahr auch hier gestorben, sonst hat er keine Angehörigen. Und wir haben keine Möglichkeit, den Sohn zu erreichen. Bevor die Mutter starb, sagte sie noch, daß der Sohn irgendwo im Ausland sei. Aber der Vater hat keine Adresse. Es tut ihm leid, daß er damals so mit dem Sohn umgegangen ist. Er hat es jeder Schwester hier schon erzählt, wir sind hilflos.«

Er wunderte sich über die Gesprächigkeit der Schwestern und spürte ihre Not. Als die Besuchszeit begann, ging er zum Zimmer seines Vaters. Er ging an der halboffenen Tür vorbei und sah nur kurz hinein. Sein Vater lag auf seiner Seite, er konnte den Rücken und den Nacken sehen. Ein bulliger Nacken, auch mit seinen siebzig Jahren. Er hatte nichts verloren von seiner Durchsetzungskraft. Der rote Schlafanzug irritierte ihn auch, wie laut und frech er wirkte. Er war froh, daß seine Mutter heute noch nicht da war. Sie besuchte ihren Mann jeden Tag, weil, wie sie sagte, er es erwartete. »Du mußt deinen Vater verstehen, er kann einfach nicht anders, er ist so aufgewachsen, er mußte sich immer behaupten.« »Aber Mutter . . .«, wandte er dann meistens ein, hatte aber das Empfinden, daß sie es sich nicht leisten konnte, seine Seite anzuhören. Sie merkte zwar, wie stark der Vater die Schwiegertochter ablehnte, aber sie zog es vor, wegzusehen. Das belastete die sonst gute Beziehung zwischen Mutter und Sohn, und im letzten Jahr hatten sie sich nur selten gesehen.

Er ging an der Tür vorbei bis zum Ende des Korridors. Dort sah er aus dem offenen Fenster, spürte den Frühling und merkte, wie sich in ihm der Wunsch nach Leben ausbreitete. Und doch wußte er nicht, wie er sich den Wunsch erfüllen könnte. Hier, im dritten Stock, blickte er direkt in einen blühenden Kastanienbaum. Die Kerzen waren auf dem ganzen Baum angezündet, und alles war Licht. Er fand nicht den Mut zur Freude und litt sprachlos unter seiner Sehnsucht – die Sehnsucht nach seinem Vater.

Als er zurückkam, hatte sich sein Vater umgedreht, hatte aber eine Illustrierte vor dem Gesicht und konnte darum die Tür nicht sehen. Der Sohn ging wieder vorbei. »Es hat keinen Sinn, was soll ich sagen. Ich zwinge ihn in seiner Krankheit, mir zu begegnen, wenn er es vielleicht nicht will. Es reicht nicht, daß ich es will.«

Dann hielt er vor der Nachbartür an. Verrückt kam ihm der Gedanke vor, aber er wollte nicht lange überlegen, wollte bis an die Grenze gehen und handeln, wie der Kastanienbaum es tat. Er klopfte an und hörte sofort das dunkle »Herein«. Langsam schob er die Tür auf. In dem Bett lag ein schmächtiger Mann, der zur Tür hinüberblickte, aber seine Augen sahen nicht, wer da hereinkam. Einen Augenblick war es still. Es war die Stille der Unsicherheit, die an der Liebe zweifelt und sich doch so nach ihr sehnt. Dann fragte die alte, müde Stimme: »Wer ist da?«

Als die Schwestern ihm vorhin die Geschichte des Mannes erzählt hatten, hatte er gleich daran gedacht, ihn zu besuchen, einfach so, ihm vielleicht etwas vorzulesen, ihn zu trösten, vielleicht etwas von ihm zu lernen, von dem Mann, der ihm auf dem Weg um mehr als dreißig Jahre voraus war. Aber jetzt konnte er nicht antworten »Ein Besucher«. Er brachte es nicht fertig. Er überwand sich und machte den Sprung: »Dein Sohn.« Wieder war die Stille da, die Unsicherheit des alten Mannes darüber, ob es die Liebe gibt, und wenn es sie gibt, ob es sie nur für andere gibt, oder auch für mich, für mich? Dann streckte der alte Mann einen Arm aus, mehr getraute er sich nicht, und der Jüngere ging auf ihn zu, legte beide Arme um ihn und drückte ihn.

Sie hielten einander, und der Alte sagte immer wieder: »Es ist zu lange gewesen, es war zu lange, wie viel habe ich verloren.« Dann setzte er sich zurück und wurde das los, was er tausendmal zu sagen geübt hatte. »Ich hätte nachgiebiger sein sollen, ich war so verblendet, so dickköpfig, vergibst du mir?«

»Ja, Vater«, konnte der Sohn nur sagen, »es ist alles gut, es ist alles gut, auch mir tut es leid, daß es so viele Jahre waren.«

Der Vater erzählte dem Sohn viel, aber es waren nicht die äußeren Dinge, sondern die inneren, die Härte des Lebens, die Not, sich zu ändern, und die Einsamkeit nach dem Tod der Frau, der Mutter. »Ich habe sie sehr geliebt und es ihr nicht genug gezeigt, jetzt fehlt sie mir, aber nun habe ich dich.«

Als der Sohn ging, sah er sich noch einmal den Kastanienbaum an. Zu dem Mann im Nebenzimmer wollte er heute nicht mehr gehen. Es war genug so.

Am nächsten Tag besuchte er den alten Mann wieder. Er hatte sich überlegt, ob er ehrlich ... aber nein, dafür war es jetzt zu spät. Diesmal fragte der Vater ihn viel, und er nahm die paar Hinweise, die er sich von den Schwestern gestern gemerkt hatte, und spann ein Leben daraus, wie ein Vater es sich von seinem Sohn wünscht. Und in seine Lebensgeschichte flocht er vorsichtig den Dank an den Vater hinein, wie eine Bejahung des Lebens.

Als er am dritten Tag kam, schien eine der Schwestern ihn schon zu erwarten. »Ihr Vater ist gestorben. Er ist ganz friedlich gestorben und hat Ihren Namen immer wiederholt, bis ihm der Atem ausing. Warum haben Sie uns nicht gesagt, daß Sie der Sohn sind?«

»Weil ich es nicht bin«, sagte er der erstaunten Schwester und ging mit festem Schritt auf das Zimmer seines Vaters zu.

Er war dem alten, fast blinden Mann dankbar, daß er durch ihn eine Tür gefunden hatte, wo es vorher keine zu geben schien, und daß er jetzt wagte, durch diese Tür zu gehen. Und jetzt glaubte er, auch ohne Beweise, daß sein Vater nach ihm suchte, auch wenn er dies auf eine schwer verständliche Weise tat. Und der Sohn begriff tiefer als je zuvor, daß sein Vater *sein* Vater war und daß er keinen anderen haben würde, und daß das Leben ihn jetzt herausforderte, an dieser Stelle und nur an dieser Stelle sein Leben zu leben. Und er nahm die Herausforderung an. Er wußte, daß es um die Liebe ging, um die Zuwendung, überall und immer wieder, weil in ihr das Leben möglich wird. Und das Sterben.

Die Raben des Herzens

Stuttgart, am 15. August

Liebe Erika,

ich schreibe Dir in einer Krise und hoffe, daß Du mir helfen kannst, aus dem Durcheinander herauszufinden. Aber laß mich ganz am Anfang beginnen. Du kennst unsere Ehe ja von der Hochzeit an und weißt darum, daß wir es nie leicht hatten miteinander. Manchmal denke ich, daß wir uns gegenseitig so anziehend fanden, weil wir beide so verschwiegen waren. Ich habe nichts herausgelassen und Thomas fast noch weniger. Das ist mir eigentlich erst in den letzten Jahren aufgegangen, aber es zu begreifen und dann auch zu leben, das ist immer noch zweierlei. Es gehört so fest zu jedem von uns beiden, alles möglichst so lange zu verschweigen und zu verdrängen, wie es irgend geht. Aber irgendwann explodiert es dann. Das ist eben auch jetzt passiert, aber es war weniger eine Explosion als ein Zusammenbruch.

Ich habe Dir ja im Frühjahr von den besonderen Schwierigkeiten in den letzten Jahren erzählt. Die Ehetherapie, in der wir imer noch stehen, hat uns zwar etwas geholfen, aber die alten Muster sind immer noch da, und sie sind sehr schwer zu überwinden. Besonders gelitten hat Thomas unter den Dingen, die ich in der Therapie herausgelassen habe.

Und das hat mir wieder bewiesen, daß es besser ist, nichts zu sagen. Ich weiß, daß das nicht geht, aber manchmal ist es noch verlockend. Ich bin jetzt immer dabei, abzuschätzen, wieviel ich Thomas zumuten kann und letztlich auch mir.

An einem Tag nach einer Therapiesitzung im Juli, als wir beide down waren, entschlossen wir uns, ein paar Tage lang aus allem auszusteigen. Bei uns sind es oft die alltäglichen Dinge, die Streitigkeiten auslösen, die eigentlich lächerlich sind, aber über die wir nicht hinwegkommen. Wir entschlossen uns darum, ein paar Tage paddeln zu gehen. Uns beide hatte schon immer ein Fluß in Südfrankreich gereizt. Schnell waren wir uns einig, und ein paar Tage später waren wir unterwegs. Schon die Anreise war schön. Wir fuhren über die Schwäbische Alb, durch die Schweiz und dann durch die trockenen Gebiete Frankreichs. Es sah alles sehr vielversprechend aus. Wir hatten zwei Einer-Faltboote genommen, damit wir beide unabhängig voneinander paddeln konnten.

Die ersten Tage waren schön. In unserem kleinen Zelt konnten wir ganz unbeobachtet an Stellen übernachten, wo sonst niemand war. Aber am vierten Tag passierte es. Wir hatten gut gefrühstückt und packten unsere Sachen ein. Thomas ist immer etwas schneller als ich, das machte mir an jenem Morgen Mühe. Thomas kann den Moment nicht genießen. Er muß immer weiter, muß eigentlich immer woanders sein, als er ist. Wir haben darüber schon oft gesprochen, aber gelöst haben wir das Problem nicht. An diesem Morgen nahm ich meine Gefühle nicht ernst, auch wenn sie mir eine Warnung waren. Auch das ist ja nichts Neues. Ich ließ ihn also ziehen, ohne etwas zu sagen. An den Tagen davor war er auch immer der erste im Wasser, aber da hat es mich noch nicht gestört. Weil wir an einer Kurve gezeltet hatten, war er schon nach ein paar Minuten verschwunden. Ich ließ mir Zeit, ich merkte schon, daß ich mir bessonders viel Zeit ließ, ich reagierte auf seine Unruhe. Das war eine zweite Warnung, die ich auch nicht ernst nahm.

Etwa zwanzig Minuten später startete ich. Es dauerte darum auch über eine Stunde, bis ich ihn eingeholt hatte. Ich hatte mich inzwischen wieder beruhigt und genoß das Paddeln. Ich sah Thomas vor mir in einem wilden Teil des Flusses. Sofort war mir klar, daß er sich übernommen hatte. Die Strömung lief direkt auf eine Felswand zu, und er mußte sich aus der Strömung befreien, um nicht gegen die Felswand gedrückt zu werden. Aber im Fluß selbst lag ein riesiger Felsblock, an dem sich die Strömung teilte. Ich war etwa hundert Meter entfernt hinter ihm im langsamer fließenden Wasser. Er versuchte an der rechten Seite des Felsens vorbeizukommen. Er paddelte wie verrückt, um in dem schnellen Wasser noch steuern zu können. Es war zu spät, um zu wenden, die Strömung hätte ihn dann breitseitig erfaßt und auf den Felsen geworfen. Es war zu machen, ja, noch ein paar kräftige Züge, Thomas, du schaffst es – ich versuchte ihm aus der Entfernung zu helfen, spürte die ganze Anspannung in meinem Körper. Am Ende fehlte ihm ein kräftiger Paddelschlag. Die letzte Spitze des Felsens griff ihn, riß ihn aus dem Wasser und schlitzte die Haut des Bootes auf. Das Boot lief sofort voll, sank aber nur zum Teil, weil die Luftschläuche es hochhielten. Aus der Entfernung hatte ich nicht sehen können, wie scharf der Felsen war. Jetzt sah ich, daß Thomas aus dem Boot geworfen worden war, mit dem Gesicht gegen den Felsen. Er war verkratzt und blutete, und das Boot, noch in der Gewalt der Strömung, drückte ihn nun erbarmungslos gegen den Felsen. Ich ließ mich bis auf seine Höhe im Fluß treiben, paddelte dann flußaufwärts und kam direkt neben ihm in der Strömung zu stehen. Mit ganzer Anstrengung konnte ich das Boot so halten, aber ich wußte, daß ich das nur ein paar Sekunden schaffen würde.

Und genau da geschah das Schreckliche, von dem ich mich vielleicht nie mehr erholen werde. So fühle ich jetzt immer noch. Als ich etwa zwei Meter von ihm entfernt mein Boot mit letzter Anstrengung in der Strömung hielt, kam eine große Gleichgültigkeit über mich, und ich dachte: »Soll er doch hier ertrinken, warum muß er immer so unruhig vorausfahren.« Ich weiß, daß dieses Gefühl auch dadurch ausgelöst wurde, daß ich so hilflos war. Es war eine Art Trotz gegen das Schicksal des Moments, ich wollte nicht verletzbar sein. Aber das Gefühl der Gleichgültigkeit war noch stärker. Ich spürte in mir die Möglichkeit, von Thomas befreit zu werden.

Keiner von den Gedanken war bewußt und sachlich gedacht. Sie fielen über mich her wie eine Meute wilder Tiere, und ich hatte nicht die Kraft, ihnen zu widerstehen.

Um mich da rauszureißen und auch um zu helfen, denn dieser Hilfsimpuls war immer noch da, rammte ich in einem Akt von Superkraft Thomas' Boot und drängte es so herum, daß die Strömung nicht mehr voll ins Boot traf. Dadurch wurde er von dem Druck gegen den Felsen befreit, konnte wieder atmen, sich umdrehen und am Felsen Halt suchen. Sein Boot schwamm in der Strömung davon. Mir gelang es, an der Rückseite des Felsens anzulegen und Thomas über den Felsen zu bergen. Ich legte ihn über mein Boot und paddelte uns notdürftig hundert Meter weiter ans Ufer. Am Ufer zelteten holländische Touristen, die uns ins nächste kleine Krankenhaus fuhren, die beiden Boote ins Hotel brachten und uns wunderbar halfen.

Als ich sein Boot rammte, rammte ich auch ihn. Es war viel Wut in meiner Handlung – eine Wut, die ich bisher nicht so kannte. Es war mir darum später besonders peinlich, als er immer wieder sagte, wie intelligent ich gewesen sei, sein Boot einfach zu rammen, um es so zu befreien. Ich konnte ihm nicht sagen, was in den Sekunden in mir passiert war. Ich wollte es ihm nicht sagen, ich wagte nicht, es ihm zu sagen.

Verstehst Du, Erika, warum mich das so aus dem Gleichgewicht geworfen hat? Ich war in dem Moment eine potentielle Mörderin. Ich hätte es tun können. Ich weiß, daß ich sogar in dem Moment gedacht habe: »Ja, es wird mir niemand verübeln, ich konnte einfach nichts tun und hätte mich selbst nur gefährdet.« Daß ich das denken konnte, mich sozusagen schon in der Situation billig herausredete, das war mir später das Furchtbarste. So habe ich mich nie gesehen. Aber ich kann jetzt auch nicht mehr sagen: Das war ich nicht. Das war ich wohl, in all meiner Niederträchtigkeit. Wenn Du mir antwortest, und ich hoffe sehr, daß Du mir Deine Gedanken dazu schreibst, dann versuche bitte nicht, alles glattzubügeln und so zu tun, als wenn jeder so gehandelt hätte wie ich. Das glaube ich nicht. Es gäbe Frauen und auch Männer, die in dem Moment ihr Leben eingesetzt hätten, getrieben von der Liebe und Treue zu ihrem Ehepartner. Das war bei mir nicht der Fall, und es hat mich furchtbar erschreckt.

Als ich dann in Frankreich bei Thomas am Krankenbett saß, fragte ich mich oft, ob er wohl diesen Verrat von mir irgendwie gemerkt habe. Nicht bewußt, aber unbewußt? Hat sich in dem Moment meine Ablehnung auf ihn übertragen? Hat sich mein Ärger über ihn, den ich hatte, als ich mich und mein Boot an dem schicksalhaften Morgen allein fertig machte, hat dieser Ärger ihn doppelt unruhig und unvorsichtig gemacht? Bin ich dadurch direkter an dem Unglück beteiligt, als ich weiß? Gedanken wie diese schwirrten mir im Kopf herum, und am Ende traf ich immer wieder auf die eine Frage, die mich schon lange beunruhigt: Ist Thomas so, weil ich so bin, wie ich bin?

Ich habe mir jetzt erst einmal einen Tee gemacht, ehe ich weiterschreibe. Die ganze Sache war durch meine Schilderung für Dich jetzt noch einmal sehr gegenwärtig, und ich habe wieder den gleichen Ekel vor mir selbst gespürt wie vor vier Wochen. Aber die Geschichte ist noch nicht zu Ende.

Wir sind dann vier Tage in dem kleinen Ort mit dem Krankenhaus geblieben, haben uns erholt und sind auf dem kürzesten Weg zurückgefahren. Thomas ist erst einmal nicht zur Arbeit gegangen, hat sein Gesicht kuriert. Es war furchtbar verschrammt. Ich habe ihn gepflegt und konnte nicht genug für ihn tun. Ich hatte das Bedürfnis, alles nachholen zu müssen, was ich in den besagten Sekunden innerlich versäumt hatte. Manchmal konnte ich für ein paar Minuten die Szene auf dem Fluß vergessen, aber dann kam sie mit voller Wucht wieder. Dabei hatte ich die ganze Zeit das Empfinden, daß die Sache noch nicht wirklich ausgestanden war. Aber ich redete nicht mit ihm über das, was in mir vorgegangen war. Ich wollte – und konnte doch nicht.

Eine Woche nachdem wir wieder zu Hause waren, sah ich einige Raben auf dem kleinen Apfelbaum hinter unserem Haus sitzen. Das haben wir ja öfter, aber diese Raben waren anders. Als ich versuchte, sie zu verjagen, hüpften sie von Ast zu Ast, flogen aber nicht fort. Als ich näher heranging, wurden sie sogar so aufdringlich, daß ich mich zurückzog. Die ganze Zeit über krächzten sie so erbärmlich, daß es kaum auszuhalten war. Als Thomas abends nach Hause kam, waren sie wieder fort. Am nächsten Tag waren es nicht nur zwei, sondern sicherlich zehn oder zwölf. Ich traute mich nicht mehr in den Teil des Gartens.

Als die Nachbarin aus dem Haus schaute, fühlte ich mich verantwortlich für die Raben. Ich sagte etwas Dummes, das sich anhören sollte wie eine Erklärung dafür, warum die Raben auf unserem Baum saßen. Von da wuchs in mir das Empfinden, daß die Raben meinetwegen gekommen seien. Jeden Abend waren sie wieder fort, so daß Thomas sie nicht zu sehen bekam.

Am vierten Tag, es war ein Samstag, und Thomas war zu Hause, war alles friedlich, und ich schöpfte wieder Mut, daß dies alles nur meine überspannte

Fantasie war. Auch der Sonntag war ruhig. Wir gingen eingehakt am Fluß spazieren, genossen die warme Luft und sprachen zum ersten Mal überhaupt nicht über die Episode auf dem Fluß. Daß noch nicht alles in Ordnung war mit mir, merkte ich, als ein Vogel an uns vorüberflog und ich erschrak. Auf dem Spaziergang gab es Momente, in denen ich auspakken und mir Luft machen wollte, aber ich schaffte es nicht.

Mit etwas Unruhe sah ich dem Montag entgegen. Thomas nahm alles nicht so ernst, redete mir gut zu und meinte, daß ich doch vor Raben keine Angst haben müsse. Ich merkte, wie er Sorge um mich hatte, mich aber trotzdem nicht weiter fragte. Mir schien es, als wollte er eigentlich nicht wissen, was in mir vorging. Er wollte nur, daß alles wieder gut war. Jedenfalls verstand er nicht, daß meine Angst viel tiefer saß. Ich war in meinen Grundfesten erschüttert worden, und jetzt bedurfte es nicht viel, um mich wieder aus der Bahn zu werfen. Ich fühlte mich ausgesetzt und verletzbar und konnte mir nicht vorstellen, daß es je wieder anders sein würde.

Der Montagmorgen war wunderbar. Ich hörte Musik, die meine Unruhe zudeckte, las und ließ mir viel Zeit für mich. Ich hatte das Empfinden, wieder zu mir zu kommen. Ich sah meinen Kurzschluß auf dem Fluß, ja, so nannte ich es, einen Kurzschluß, als etwas an, das jedem Menschen erlaubt ist und woraus man nicht eine große Sache machen sollte.

Aber diese Ruhe und Betrachtungsweise waren am Nachmittag in ein paar Sekunden wie weggeblasen. Um etwa ein Uhr, es war die Zeit des Unglücks auf dem Fluß, landeten etwa hundert Raben auf dem

Apfelbaum, auf den Eichen neben dem Haus, auf dem Dach und auf meinem Auto, das vor der Tür stand. Es war eine schreckliche Heimsuchung. Manche schrien mit fast menschlichen Stimmen, andere hatten etwas so Fremdes an sich, auch in ihren Bewegungen, daß mir graute. Die Nachbarn auf beiden Seiten waren fort, und ich war allein mit diesen Viechern. Ich mußte sehr an mich halten, um nicht mit ihnen zu schreien. Ich spürte, daß ich verrückt werden könnte.

Ich wußte mir nicht zu helfen und rief darum Thomas auf der Arbeit an. Ich hatte vor, einfach den Hörer aus dem Fenster zu halten, damit er hörte, daß ich mir das alles nicht nur einbildete. Aber kaum begann ich seine Nummer zu wählen, da hörten die Raben auf und begannen in kleinen Gruppen wegzufliegen. Als die Sekretärin Thomas endlich am Apparat hatte, war es ganz still ums Haus, und ich sagte ihm nichts. Ich schwieg so still, wie die Raben laut geschrien hatten.

Am nächsten Tag waren es weniger Raben, aber einige von ihnen waren so groß, wie ich Raben noch nie gesehen habe. Sie kamen wieder um die gleiche Zeit, wie eine schreckliche, schwarze Mahnung. Einer flog gegen das Küchenfenster, und ich dachte, es würde zerspringen. Aber es hielt, doch der Rabe breitete seine Flügel gegen die Scheibe aus und verdunkelte das ganze Zimmer. Ich maß später die Flügelbreite aus. Sie betrug mehr als einen Meter. Ein Rabe mit einer Spannweite von über einem Meter. Ist das noch ein Rabe? Mir schien er wie ein Todesengel.

Das ist jetzt eine Woche her, und ich weiß, daß ich etwas tun muß. Aber was? Wenn ich nicht handele, wird es hier noch schlimmer. Ich bin überzeugt, daß ich diese Raben sonst nicht loswerde. Ich habe das Bedürfnis, mich zu verkriechen. Ich erinnere mich, daß ich das als Kind manchmal gemacht habe, wenn ich nicht mehr aus noch ein wußte.

Als ich vorgestern anrief, um zu fragen, ob die Reparatur an unseren Booten fertig sei, konnte man keine Unterlagen darüber finden, daß wir sie überhaupt gebracht hatten. Sie wollen nachforschen und dann zurückrufen, haben sich aber bis jetzt nicht gemeldet.

Schlimm ist auch, daß ich mich nicht mehr getraue zu fühlen. Ich habe Angst vor allem, was da hochkommen könnte. Was weiß ich eigentlich über mich? Ich erschrecke immer wieder über meine Unwissenheit über mich selbst. Ich lebe mit großen dunklen Stellen in mir. Ich gehe durch mein Leben und weiß nicht, wo es hin ist. Was war es eigentlich? Ich habe an mir vorbeigelebt, und jetzt scheint mir, als wenn es zu spät wäre. Weißt Du, es ist, als wenn sich die Tür zu einem lichten Raum schließt. Sie ist nur noch einen Spalt auf, und man weiß, daß man auf sie zuspringen und sich noch hindurchzwängen müßte, weil der Raum, in dem man zurückbleibt, in ein absolutes Dunkel fallen wird, aus dem es kein Entrinnen mehr gibt. Aber schaffe ich es noch? Wenn ich dann Thomas höre, glaube ich wieder, daß ich mir alles einbilde und übertreibe. Er scheint sich so sicher zu sein, aber seine Sicherheit wirkt auf mich oft wie Blindheit. Er kann leben, weil er nicht genau hinsieht.

Vorgestern ist ein Rabe direkt ins Wohnzimmerfenster geflogen. Der Aufprall gegen das Glas hat ihm das Genick gebrochen, ehe das Glas zerplitterte. Er war tot, und eine kleine Lache Blut bildete sich um ihn auf unserem weißen Teppich, aber ich hatte nicht den Mut, ihn wegzutun. Ich habe das Thomas überlassen. Auch er mußte zugeben, daß er noch nie einen so großen Raben gesehen hat.

Wir sind jetzt beide hilflos. Ich mit den Raben und meinem Geheimnis und allem, was zu dem Geheimnis gehört. Und Thomas fühlt sich hilflos mit mir. Ich bin nicht mehr die, die er geheiratet hat, und ich glaube, ich werde auch nie mehr die sein können.

Es hat mir gut getan, Dir das alles zu schreiben. So bin ich wenigstens nicht mehr ganz allein damit, aber ich habe das Empfinden, daß Du mir nicht helfen kannst, vielleicht sogar nicht helfen solltest. Wenn es noch Hilfe gibt, dann muß ich sie in mir finden. Aber was werde ich antreffen, wenn ich noch tiefer in mich hineingehe? Wird es nur die Unheimlichkeit vieler Versäumnisse und Unterlassungen sein, und werde ich damit leben können?

Cornelia

Die Verlängerung des Moments

Der Physiker und Philosoph Alberto Stroma gehört zu den führenden Wissenschaftlern, die sich mit Zeitforschung befassen. Kaum jemand weiß so viel über die Zeit, über das Phänomen Zeit, wie Stroma. Sein Vater, der ebenfalls Physiker war, nannte seinen Sohn nach Albert Einstein, in der fast verwegenen Hoffnung, daß dieser Sohn einmal das Erbe Einsteins antreten würde. Aber er beeinflußte ihn nicht, diese Richtung einzuschlagen. Ihm war das Glück seines Sohnes wichtiger. Auch wußte er, daß nur ein Mensch mit einer inneren Berufung zu diesem Weg wirklich Neues und Bahnbrechendes leisten würde. Die vielen Physiker in ihren teuren Labors, die Techniker in der alles verschlingenden Industrie und die Philosophieprofessoren auf ihren sicheren Lehrstühlen ahnten ja wohl kaum, was es noch zu entdecken gab.

Alberto fiel in der Schule nicht sonderlich auf, und schon gar nicht durch seine Intelligenz, sondern eher durch seine Verträumtheit. An den Universitäten, die er besuchte, war er zwar überdurchschnittlich gut, aber niemand erwartete mehr als einen guten Physiker von ihm. Er begann in Rom, bekam dann ein Stipendium an das Massachusetts Institute of Technology. Danach arbeitete er lange und fast unabhängig von der restlichen wissenschaftlichen Gesellschaft in Stanford. Ihm war längst klar, daß die meßbare Zeit uninteressant war, daß es um das Innere der Zeit ging, um die Verschmelzung des Menschen mit der Zeit.

Neben vielen anderen Wissenschaftlern hatte er auch Bergson studiert, hatte seine eigene Intuition entwickelt, so daß er anderen weit voraus war im Ahnen und Wahrnehmen. Er begriff früh, daß unser Erleben die Zeit relativiert. Die Stunde im Stuhl des Zahnarztes dauert für die meisten Menschen wesentlich länger als die Stunde in einem spannenden Film oder in den Armen einer geliebten Person. Stroma gab sich auch nicht zufrieden mit dem, was die Psychologie in ihren Zeitstudien geleistet hatte. Er machte seine eigenen Experimente, in denen er für sich feststellte, was für den Menschen überhaupt den Ablauf der Zeit erlebbar macht. Er versuchte an sich selbst die Mindestdauer eines wahrnehmbaren visuellen Reizes von $^1/_{18}$ Sekunde auf ein Viertel zu reduzieren, um zu beobachten, wie er dabei die Zeit anders erlebte. Er arbeitete mit Zeitraffung und Zeitlupe, um festzustellen, ob ein Mensch, der bekannte Abläufe verlangsamt oder beschleunigt sieht, sich selbst dabei anders wahrnimmt, und was für seelische Auswirkungen es dabei gibt.

In der Physik war er ebenso zu Hause. Zu Zeitinvarianz und Zeitdilatation leistete er wichtige Beiträge. Und von ihm stammen einige eigenwillige Experimente über die Beziehung zwischen Gewichtslosigkeit und Verlangsamung der Zeit. In diesem Zusammenhang arbeitete er mit den amerikanischen Astronauten, und er ist mitverantwortlich dafür, daß die NASA den Arbeitsrhythmus der Astronauten im Raum veränderte. Was für die NASA eine Frage der

Effizienz im luftleeren Raum war, war für Stroma ein »Sich-in-der-Zeit-Einnisten«, wie er es nannte. Und den Begriff Raum-Zeit-Kontinuum, nach dem Raum und Zeit nicht mehr getrennt werden können, veränderte er für sich in Raum-Zeit-Verschmelzung, und die Philosophen unter den Physikern folgten ihm in dieser Idee, weil er sie näher an den Kern der Sache zu bringen schien.

Wenige waren so ihrem Fach zugewandt wie Alberto Stroma. Aber für ihn war es kein bloßes Fach, sondern sein Leben, seine Leidenschaft. Er atmete seine Gedanken, er erlebte seine Formeln. Er spürte in sich den Ablauf der Zeit, nicht als das Ticken einer Uhr, nicht als einen Rhythmus von Hell und Dunkel im Laufe eines Tages, sondern als Begleiterscheinung bei der Ausdehnung des Lebens. Diese Einstellung drängte ihn auch immer wieder, die theoretische Physik hinter sich zu lassen und sich praktischen, alltäglichen Fragen, die irgendwie mit Zeit zu tun hatten, zuzuwenden.

Er hatte auch einen Traum, über den er mit nur wenigen Menschen sprach. Er wollte Einfluß auf die Zeit nehmen. Nein, es war nicht der Versuch, Gott zu spielen. Dahinter stand bei Stroma der Wunsch, die Angst in der Welt zu reduzieren. In seinen Experimenten, in denen er mit Menschen und deren Wahrnehmung der Zeit arbeitete, traf er immer wieder auf das Phänomen der Angst vor der Zeit. Menschen haben Angst vor der Zukunft und leiden an der Unwiederbringlichkeit der Vergangenheit. Er schlußfolgerte, daß, wenn es möglich wäre, den Fluß der Zeit nicht als feindlich zu erleben, die Angst vor der Zukunft und die Trauer über die verflossene Vergangenheit reduziert werden könnten.

Ein wichtiger Schritt in diese Richtung geschah genau an Einsteins Geburtstag. Alberto Stroma, der Mitte Fünfzig war, ging gedankenversunken durch San Francisco. Er besuchte dort einen Kongreß und hatte zwischen den Vorträgen, von denen die meisten ihn überhaupt nicht interessierten, ein wenig Zeit. Es passierte, wie diese Dinge manchmal passieren – in einem Moment. Er genoß seinen Spaziergang im Candlestick Park mit dem Blick auf die Golden-Gate-Brücke und spürte stärker als gewöhnlich die Sehnsucht, auszubrechen aus den Begrenzungen der Physik, der Mechanik, der Astronomie, des ganzen wissenschaftlichen Gebäudes, das er so liebte, das ihn aber auch gefangensetzte. Vor seinem inneren Auge sah er seine Tochter und deren Freundin, zwei junge Frauen Ende Zwanzig. Der Freundin, die Kristina hieß, hatte man vor einigen Wochen gesagt, daß sie Multiple Sklerose habe. Er erinnerte sich an das Gespräch mit ihr, ehe er losgefahren war, Kristinas Bestürzung, ihre Untröstlichkeit, ihr Aufbegehren. Sie erlebte ihre Krankheit aufs engste mit der Zeit verbunden. Es war vorauszusehen, daß es ihr mit jedem verfließenden Jahr etwas schlechter gehen würde. So war es denn verständlich, daß sie vor dem Fließen der Zeit selbst Angst hatte. Es war die Zeit, die sie zerstörte. Da war sie wieder, diese Angst vor der Zeit, die Stroma überall beobachtete.

Stroma trug meistens ein kleines Diktiergerät bei sich, um wichtige Gedanken sofort festhalten zu können. Er hatte es auch heute dabei, zog es hervor und begann da, angesichts der Golden-Gate-Brücke, vorsichtig zu sprechen. Die Gedanken waren ungeordnet, aber schon wenig später würde er sie weiterentwickeln.

»Woran ich arbeiten muß, ist nicht die Überwindung der Zeit, das wird nicht gelingen, aber etwas, was unsere Seele glauben läßt, die Zeit wäre überwunden, oder sie wäre so sekundär, daß unsere Seele so reagiert, als existiere sie selbst außerhalb der Zeit. Die Zeit ist nur ein Konstrukt. Unser Erleben ist kein Konstrukt. Es geht nicht darum, sich in der Zeit einzunisten, sondern in dem Erleben. Wenn das Erleben wirklich das Erleben des Moments wird, dann ist es unantastbar für die zerstörerische Seite der Zeit. Das gilt sogar für Kristinas Krankheit. Es gilt, die Krankheit zu erleben, tiefer, ausschöpfender; den Schmerz und das Nachlassen des Schmerzes wahrzunehmen; die Behinderung und das Abklingen der Behinderung als ein Erleben außerhalb der Zeit zu erfahren. Solange das Erleben vorrangig ist, wird es nicht durch den Anschluß an die vergangene oder zukünftige Zeit relativiert. Dadurch ist das Erleben primär. Die Menschen, die ständig mit einer Uhr leben, können nicht erleben. Die Zeit in das Erleben einzulassen zerstört das Erleben. Ich erinnere mich an meine Jugend, als ich manchmal Angst hatte, etwas Schönes zu erleben, weil ich schon beim Erleben wußte, daß es in fünf Minuten oder einer Stunde vorbei sein würde. Ich konnte nicht erleben und spürte nur die Tyrannei der Zeit.«

Als er so mit dem Diktiergerät durch den Park ging, sah er ein Liebespaar auf einer Bank vor sich. Er sah sie, ohne sie zu sehen. Erst als er direkt vor den beiden stand, bemerkte er sie. Er sah die beiden, die ihn nicht wahrnahmen, und sah die Zeitlosigkeit ihrer Zuwendung. Sie lebten Ewigkeit. Und in dem Erleben war keine Angst. Irgendwann würden die beiden wieder zurückkehren in die Zeit, und dann würde auch die Angst wieder beginnen, aber bis dahin waren sie frei für das Glück und ihr Erleben. Da fiel es Stroma wie Schuppen von den Augen. »Das ist es, das ist es«, rief er in das kleine Mikrophon seines Cassettenrecorders und stürzte zurück in sein Hotelzimmer. Dort schloß er sich zwei Tage lang ein, besuchte keinen Vortrag der Tagung mehr, ließ sich von niemandem stören, bestellte keinen »room service«, sondern bohrte sich tiefer und tiefer in seine neuen Gedanken hinein.

Das ist nun zwei Jahre her. Seitdem hat er sich von seiner Professur für drei Jahre beurlauben lassen, hat keine neuen Doktoranden mehr angenommen, besucht keine Tagungen mehr und sitzt in keinen Direktorien. Er widmet sich ganz der »Verlängerung des Moments«, wie er es nennt. Er verbringt viel Zeit mit Kristina, die erst gar nicht verstand, warum er sich so mit ihr abgab, bis sie begriff, daß er es auch für sich tat.

Auf eine einfache Formel gebracht, lautet seine Überzeugung etwa so: In dem Maße, wie es uns gelingt, den Moment zu verlängern und ihn von der fließenden Zeit abzutrennen, in dem Maße werden wir glücklich sein. Er meint, daß wir unsere ganze Konzentration nur auf das verlegen sollten, was uns zugänglich ist. Die Vergangenheit ist nicht mehr, und die Zukunft ist noch nicht für uns betretbar. Kritiker haben Stroma so ausgelegt, daß er Menschen helfen wolle, aus der Wirklichkeit zu fliehen. Er antwortete darauf nur, daß er genau das Gegenteil versuche. Er wolle die Menschen zur Gegenwart befreien. Er besteht darauf, daß sich die meisten Probleme daran entzünden, daß wir nicht wirklich in der Gegenwart leben. Wir hängen mit Schuldgefühlen, Trauer und Ärger dem vergangenen Tag nach, und wir sorgen uns mit Angst um den kommenden Tag.

Von ihm stammen Begriffe wie Erlebnisvehemenz, Fühlmoment, Elastizität der Zeit, Wahrnehmungsbruch und andere, die inzwischen auch mehr und mehr von anderen Wissenschaftlern gebraucht werden. Er spricht auch vom »Bewohnen des Moments«, wobei er den Moment nicht in erster Linie als zeitlichen Begriff sieht, sondern als Handlungseinheit. Ein Moment ist darum für ihn nicht eine Sekunde oder eine Minute, sondern der ganze Bereich, in dem ein Mensch sich in der Gegenwart befindet. Für die Liebenden im Park in San Francisco dauerte der Moment so lange, wie sie einander zugewandt waren. So lange lebten sie außerhalb der Zeit. Stroma betont immer wieder, daß die Zeit unsere Erfindung ist, eine Art Werkzeug, mit dem wir die Welt ordnen wollen. Aber beim Ordnen hat sich das Werkzeug selbständig gemacht und ist jetzt wichtiger geworden als der Mensch, der es einsetzt.

Bei Kristina hat die Arbeit bisher interessante Folgen. Dadurch, daß Stroma direkt mit ihr arbeitet, gelingt es ihr besonders gut, die Gegenwart zu erfassen und den Moment zu bewohnen. Von Monat zu Monat fällt es ihr leichter, den Moment zu verlängern, bis sie manchmal ganze Stunden außerhalb der Zeit zu leben scheint. Das heißt aber nicht, daß sie in diesen ausgedehnten Momenten nicht ansprechbar ist, wie manche glauben. Im Gegenteil, sie ist sehr gegenwärtig, geht ihrer Arbeit nach, kann sich unterhalten und lebt eigentlich wie andere Menschen auch. Ob die Verbesserung ihres Krankheitszustandes im letzten Jahr auf Stromas Arbeit mit ihr zurückzuführen ist, ist den Medizinern nicht klar. Kristina selbst ist fest davon überzeugt. Aber sie betont auch, daß es ihr dabei nicht nur um Gesundung von ihrer Multiplen Sklerose gehe, sondern daß sie durch diese Einstellung und die Übungen eine andere Art zu leben gefunden habe und daß dies für sie fast noch wichtiger sei, als wieder ganz gesund zu werden.

Seit einiger Zeit arbeitet Alberto Stroma auch mit Sterbenden. Er will ihnen das Sterben erleichtern, indem er versucht, sie ganz in eine von ihnen gewählte Gegenwart zu holen. Das sieht so aus: Er läßt sich von einem Patienten einen Lebensbereich nennen, der diesem Kranken besonders lieb ist. Es kann eine Erinnerung sein, aber meistens bittet Stroma den Kranken, etwas aus der Gegenwart zu nehmen. Es kann ein Gedanke sein, ein Buch, ein Bild, ein Gefühl. Dazu baut er nun mit der Hilfe des Kranken eine »Wirklichkeit« auf. Er braucht dazu möglichst viel Information von dem Kranken selbst. Je mehr ihm dieser gibt, desto dichter und reicher wird die Wirklichkeit, und um so mehr wird die Zeit und die damit verbundene Angst ausgeschaltet. Stroma betont dabei immer wieder, daß diese Wirklichkeit keine Konstruktion sei, sondern die Wirklichkeit des Patienten, da dieser sie ja selbst aus sich heraus entwickele oder, noch genauer gesagt, wahrnehme, da sie ja bereits in ihm existiere. In dieser Wirklichkeit ist der Kranke glücklich, und wenn er so sterben kann, stirbt er gelöst.

Stroma hat früher bei seinen Zeitstudien und anderen philosophischen Überlegungen immer versucht, Gott nicht mit ins Spiel zu bringen. Er sah Spiritualität als etwas Gesondertes an. Das scheint sich nun zu ändern. Er bezieht Gott in seine neuen Überlegungen mit ein. Er vermutet, daß die »totale Erlebnisebene«, die für die Zeit nicht mehr antastbar ist, die bisher aber noch niemand erreicht hat (vielleicht mit Ausnahme von einigen Heiligen und Gurus), daß dies die Ebene Gottes sei. Er unterscheidet dabei nicht den Gott außen und den Gott im Menschen. Es ist einfach die Ebene Gottes, die die Ebene des ewigen Jetzt noch übersteigt, weil auch in dem Begriff »Jetzt« die Zeit noch zuviel Dominanz hat. Seine neueste These ist, daß, wenn es uns gelänge, so permanent in der Gegenwart zu leben, daß weder die Vergangenheit noch die Zukunft die Gegenwart zerstören oder beeinflussen könnten, wir auf der Ebene Gottes leben und die Welt aus der Sicht Gottes sehen würden.

Eine kleine Metallvase

Zuerst hörte er nichts. Hier auf dem Lande gab es nichts zu hören. Er übernachtete gern in diesem kleinen Hotel, es war kein Vertreterhotel, auch wenn er ein Vertreter war. Er schlief fest wie ein Mann mit einem guten Gewissen. Er hatte das Hotelzimmer schon am Abend bezahlt, um den Wirt nicht früh morgens herausholen zu müssen. Ihn zog es nach Hause. Fast wäre er noch am Abend die dreihundert Kilometer gefahren, um bei seiner Frau und den zwei kleinen Kindern zu sein. Aber er wußte, daß er zu müde war und besser bis zum Morgen warten würde.

Er träumte, fuhr in seinen Träumen immer wieder fast von der Straße, riß das Steuer herum oder konnte die Straße nicht sehen. Dann wieder war die Straße mit Büchertürmen gesäumt, die kurz vor dem Umfallen waren. In das Geräusch des Autos im Traum kam von außerhalb des Hotels das Geräusch eines wirklichen Autos. Es hielt fünfzig Meter vom Hotel entfernt. Stille. Nach Minuten gingen zwei Autotüren auf, und zwei Männer verschwanden in Büschen. Das Auto fuhr weg. Die zwei Männer in Schwarz blieben. Beide hatten eine Familie, der eine mit zwei Töchtern, der andere mit einem Sohn und einer Tochter, die vier Kinder waren in den Klassen von eins bis drei. Der Vertreter hörte jetzt in seinem Traum, wie ihn jemand mit einem Megaphon ansprach: »Treten Sie mit erhobenen Händen ans Fenster.« »Warum soll ich meine Hände heben beim Autofahren? Was soll das?« träumte der Mann. Etwas in ihm versuchte den Traum zu verändern, ihm die glückliche Wendung zu geben, ihn zu einem erholsamen Traum zu machen, den man gern jemandem am nächsten Morgen erzählt. Als sich der Aufruf nach dreißig Sekunden wiederholte, bewegte sich der Träumer langsam aus seinem Traum hinaus. Das Eis des Traumes hielt nicht mehr, und er brach in die Wirklichkeit ein. Sein Zimmer war dunkel, und die Stimme war von draußen gekommen.

Der Fahrer des Autos war inzwischen durch den Seiteneingang zum Hotelier gekommen, und der hatte ihm versichert, daß nicht nur auf der einen Seite, sondern überhaupt im ganzen Hotel nur ein Gast sei, da dies die schlechte Jahreszeit sei. Diese Information gab der Fahrer den beiden Männern in den Büschen durch. Danach wiederholte sich der Spruch über Megaphon.

Der Mann war verschlafen, und ganz gelang es ihm nicht, in die Gegenwart zu kommen. Die Träume hingen bettwarm an ihm. Er dachte unwillkürlich, daß er im falschen Hotel sei, und wußte nicht, wie recht er damit hatte. Er besann sich auf sich und fand seine Identität: Vertreter für sechs verschiedene kleine belletristische Verlage, deren Bücher er mit Liebe verkaufte, ja sogar selbst las. Vater von zwei Kindern, wohnhaft auf einem Dorf außerhalb von Köln, unterwegs nach Hause. Trotz der seltsamen Situation fiel ihm bei seinen Überlegungen auf, daß selbst er nichts Außergewöhnliches über sich zu denken wußte. Sanft schob er die Gedanken weg und war zufrieden, daß er er selbst war, so wie er war.

Die Stimme kam wieder, diesmal dringlicher: ». . . mit erhobenen Händen . . .« Er stand auf und ging an das Fenster, das er zur Nacht einen kleinen Spalt aufgetan hatte, weil er gern in einem kühlen Zimmer schlief.

Mit der rechten Hand schob er die Gardine beiseite, um zu sehen, wer denn vor diesem Hotel mitten in der Nacht rufe und was es mit der ganzen Sache auf sich habe. Während er mit der rechten Hand die Gardine beiseite schob, griff er mit der linken Hand in den Fensterspalt, um das Fenster weiter aufzumachen und sich hinauslehnen zu können. Dabei stieß er eine kleine wertlose Metallvase um, die hier, wie in so vielen Hotels, leer, zur Zierde auf dem Fensterbrett stand. Sie fiel klingend zu Boden. Instinktiv bückte er sich, um sie aufzuheben. Sein Oberkörper verschwand dadurch für die beiden Männer einen Augenblick lang aus dem Viereck des Fensters. Die beiden waren inzwischen aus den Büschen hervorgetreten und riefen sich gegenseitig etwas zu. Die Vase war heruntergefallen und etwas nach rechts gerollt, bis an den rechten Fuß des verschlafenen Mannes. Er nahm sie also mit der rechten Hand auf. Als er sich wieder aufrichtete, mit der Vase in seiner rechten Hand, blickte er fassungslos in einen Scheinwerfer, der sehr hell schien in der Tiefe dieser Nacht. In seiner Hand glänzte die wertlose Vase.

Den Doppelknall hörte er auch noch, aber sein Gehirn hatte nicht mehr genug Zeit, den Knall zu interpretieren, geschweige denn ihn bewußt zu verstehen.

In der Zeitung schrieb man, daß selbst seine Frau nichts gewußt habe von seinem anderen Leben. Er selbst scheine auch jede Beweismöglichkeit, daß er zu der kleinen, aber sehr zähen Gruppe von Terroristen gehört habe, meisterhaft vorsorgend vernichtet zu haben.

Das Foto

Von oben nach unten beschrieben sieht es so aus: Der Himmel ist ein sogenanntes strahlendes Blau. Ein paar weiße Wolken lassen das Blau erst richtig strahlen. Wenn man genau hinsieht, kann man in den Wolken den Erdteil Australien erkennen. In die Wolken hinein ragen einige Laubbäume. Die Bäume tragen voll entfaltete Blätter. Demnach ist es Sommer oder Frühherbst. Zwischen den Bäumen ragt der Giebel eines Hauses in das Blau. Auf dem Dach sieht man rote Ziegel. Man sieht nicht viele, aber man weiß, daß das ganze Dach so gedeckt ist. Auf dem Dach sieht man einen Hahn, der sich nach dem Wind dreht. Wenn dann das Auge tiefer sinkt, trifft man auf den Fluchtpunkt der Straße. Sie führt ins Bild hinein. Man sieht sie etwa in der Mitte des Bildes sanft nach rechts abbiegen. Sie verliert sich hinter den Bäumen.

Dann sinkt das Auge noch tiefer und sieht im unteren Drittel des Bildes das Fahrrad auf der Straße liegen. Das Vorderrad mit Gabel steht hoch in die Luft. Neben dem Rad liegt ein Körper. Es ist nicht klar, ob es ein Junge oder ein Mädchen ist. Das Rad scheint ein Herrenrad zu sein, und so ist es wahrscheinlich ein Junge, der neben dem Rad liegt.

Direkt im Vordergrund des Bildes, ein wenig unscharf, weil die Person zu nah an der Kamera war und die Tiefenschärfe des Apparates nicht ausreichte, um sie auch noch scharf zu zeichnen, sieht man den Oberkörper und Kopf einer Frau. Sie ist nach vorn geneigt. Der rechte Arm ragt abwehrend in die Luft. Da sie nur im Halbprofil zu sehen ist, wirkt das eine sichtbare Auge wie ein unscharfes, schwarzes Loch.

Jetzt, wenn ich die Augen wieder etwas hebe, wirken die Bäume gewaltig und gefühllos. Das Himmelsblau ist anbiedernd, und ich will nicht mehr Australien in den Wolken erkennen. Die Straße ist leer und führt nirgendwo hin. Ich kann das Bild nicht mehr systematisch ansehen, weil mein Auge immer wieder zu der Figur der Frau zurückkommt. Sie drückt das Leben aus: unscharf, schwarz wie ein Loch, unter einem blauen Himmel, der sogar das Recht zum Trauern nehmen will. Ihr Leid ist vollkommen. Vor ein paar Minuten ist ihr Leben, so wie sie es kannte, zu Ende gegangen. Sie kann es noch nicht fassen und wird noch unzählige Male aufwachen und glauben, daß es nicht passiert ist. Nein, nein.

Sie wird keine Gespräche mit dem heranwachsenden Sohn führen, dem Sohn, der ihr den Mann, mit dem sie nicht reden konnte, schon ersetzt hatte, als der Mann noch lebte. Er wird nicht zu ihr kommen, wenn er sich verliebt hat, und sie wird sich keiner Schwiegertochter vorsichtig annähern können, wie sie es vorhatte. Sie wird viel über den wenigen Bildern sitzen, die sie von ihm mit der einfachen Kamera gemacht hat. Sie wird hoffen, daß der Sohn sich in den Bildern bewegt, und wenn sie ihren Schmerz nicht mehr aushält, wird er es tun – er wird sich bewegen, mit Farbe auf den Wangen, wie er immer aussah, er wird lachen, die Mutter umarmen, begeistert reden (ach, wie er das konnte!) – aber er wird immer fünfzehn sein, eingefroren in der Zeit, wie auf diesem Bild.

Am Ende irrt das Auge auf dem Bild umher. Die Fahrradgabel im Vordergrund scheint den Himmel aufzuspießen. Die Straße, die ins Bild führt, ist unbefahrbar geworden für diesen Jungen, der unmittelbar bevor er in der Zeit dieses Bildes fixiert wurde, ein Lied gepfiffen hatte. Die Bäume, man sieht es ihren Kronen nicht an, beginnen bereits in ihren Wurzeln zu faulen. Das strahlende Blau des Himmels ist jetzt nur noch Kälte, trotz des Sommers. Mit letzter Kraft hält das Blau des Himmels das Schwarz des Weltenraums zurück. Unruhig wartet das Schwarz, weil es uns verschlingen will.

Was man nicht auf dem Bild sehen kann, weil es gerade über den rechten Rand des Bildes hinaus liegt, ist das Geräusch einer Stadt. In der Stadt selbst gibt es noch einige tausend Bilder, die diesem ähneln und Zehntausende, die diese Bilder immer wieder ansehen und nicht fertig werden mit ihrem Weinen. Und jeden Tag kommen neue Bilder hinzu, in Farbe oder in Schwarz-Weiß, oder unfotografierte, unbeschreibliche Bilder, die eingebrannt sind in die Erinnerung der Zurückgebliebenen, die sie immer wieder träumen, wie einen Alptraum.

Und auf der anderen Seite der Erde gibt es Städte und Dörfer und Feldwege wie die auf diesem Bild. Und auch da sind Menschen über Bilder geneigt, auf denen ihre Liebsten unscharfe Löcher tragen und nicht mehr atmen gegen den Wahnsinn des Krieges.

Begegnung in Haiti

Der Bankangestellte Beat Weider aus der Schweiz sparte gewissenhaft, um sich einmal im Jahr ausgiebige Ferien zu genehmigen. Er fuhr und flog gern in andere Länder. So war er schon in Nepal, in der Türkei, in Kalifornien, Australien und sogar schon in Neuguinea gewesen. Letzteres hatte er fast zu beängstigend gefunden, vielleicht nur, weil er vorher zuviel von den Kopfjägern gelesen hatte.

Vor zwei Jahren war er in Haiti und hatte bewußt keine Hotels gebucht, weil er sehen wollte, ob er sich allein von Tag zu Tag durchschlagen konnte. Er wußte, daß das Klima warm genug war, um einfach draußen zu schlafen. Er wollte sich das Abenteuer zumuten, sich selbst erleben und sehen, ob er fähig wäre, nicht nur wie ein Schweizer aus Bern, woher er stammte und wo er auch seine ganzen zweiunddreißig Jahre gewohnt hatte, zu leben.

Zuerst ging alles gut. Er schlug sich durch, und von Tag zu Tag wurde er stolzer. Es war warm, die Sonne schien, und oft war nicht ein Wölkchen am Himmel zu sehen. Er wurde sonnengebräunt und genoß seine Rückkehr zum Einfachen. Sich selbst mutig zu erleben machte ihn glücklich. Wenn er in den Spiegel blickte, sah ihm ein anderer Beat entgegen als der, den er in Bern kannte. Er übernachtete, wo immer sich ihm eine Möglichkeit bot, am Strand, bei Einheimischen, in billigen Absteigen oder einfach auf einer Wiese. Seinen Koffer hatte er schon zu Beginn seines Aufenthaltes in einem Schließfach im Flughafen von Port-au-Prince deponiert, hatte auf einem Markt eine große Korbtasche erstanden und zog mit nur ein paar Habseligkeiten durch die Dörfer. Er war selbst erstaunt, wie es ihm gelang, sein mitteleuropäisches Erbe einfach abzulegen, auf schmutzigen Betten zu schlafen, aus ungewaschenem Geschirr zu essen, auf Märkten zu handeln, wenn er seine Lebensmittel einkaufte, sich mit Händen und Füßen zu verständigen und sich dabei manchmal so anders zu benehmen, als sein Charakter ihm vorschreiben wollte. Ab und zu bot sich ihm auch die Gelegenheit, etwas zu stehlen oder jemanden zu betrügen, aber das tat er ganz entschieden nicht. So weit wollte er sich nicht verändern, auch wenn er vermutete, daß man ihn hier und da betrog.

An einem Morgen der dritten Woche, er hatte seine Schlafmatte gerade aufgerollt, sah er einen älteren Mann etwa zehn Meter entfernt unter einem kleinen Baum schlafen. Es schien, als hätte der Schläfer die Nacht auch hier zugebracht und schliefe nur etwas länger. Wahrscheinlich war er später gekommen, darum hatte Beat Weider ihn auch am Abend nicht gesehen. Beat machte sich ein einfaches Frühstück und plante in Gedanken seinen Tag. Plötzlich, er hatte ihn nicht kommen hören, war der Schläfer bei ihm, setzte sich ohne Worte zu ihm und schien etwas von seinem Essen zu wollen. Auch das befremdete Beat Weider nicht. Er hatte in den letzten Wochen schon genug Bettler erlebt und war gewillt, sein Essen zu teilen.

Aber ehe er dies tat, passierte etwas Seltsames, das

er bis heute nicht erklären kann. Er hatte plötzlich das Gefühl, sich selbst gegenüberzusitzen. Es erfüllte ihn mit einem Gemisch von Abneigung und Zuneigung. Die Abneigung kam von der uneingestandenen Verachtung, die er für diesen Bettler empfand. Hinter der Zuneigung stand eine tiefe Sehnsucht nach Abenteuer, nach dem Ungewöhnlichen, nach der Möglichkeit, auszubrechen aus der Vorhersagbarkeit seines Lebens. Auch diese Sehnsucht hatte er sich nie eingestanden und erlebte sie darum jetzt auch nur als leichtes Unwohlsein, als Anflug einer versponnenen Idee und als romantischen Film, der keine Wirklichkeit besaß.

Beat machte sich weiter mit seinen Sachen zu schaffen und beobachtete dabei den Fremden heimlich. Als dieser sich unbeobachtet wähnte, sah Beat, wie er sich etwas von seinen Lebensmitteln einsteckte und gerade versuchte, seine Kamera zu stehlen. In dem Moment drehte sich Beat zurück und vereitelte so den Diebstahlsversuch, ohne es aber zur Sprache zu bringen. Sie hatten bisher kein Wort gewechselt. Dann fragte der Fremde, der wie ein Landstreicher aussah, ob er ihn begleiten könne. Eigentlich wollte Beat es nicht, aber es war, als hätte er den Moment, nein zu sagen, verpaßt. Er war auch interessiert zu sehen, was weiter aus seinem Gefühl, sich selbst zu begegnen, werden würde.

So zogen sie beide los. Sie redeten in einem Gemisch aus Französisch und Englisch. Immer wieder scheiterte die Kommunikation an gewissen Wörtern und Ausdrücken, aber gerade dadurch entstand eine Nähe zwischen ihnen, die Beat abscheulich fand. Das, was nicht mit Worten verständlich zu machen war, mußte man mit Bewegungen vermitteln, bei denen man sich fast intim begegnete. Er begann sich mehr und mehr zu ekeln, ohne genau zu wissen, wovor. Er suchte nach Gründen, diesen Mann ablehnen zu können, und hatte zunächst nur dessen Versuch, ihn zu bestehlen.

Er war darum erleichtert, als er merkte, daß der Mann schlecht roch, sich überall danebenbenahm, bei der geringsten Gelegenheit laut schimpfte und unterwegs am laufenden Band kleine Dinge stahl, nicht nur Lebensmittel. Beat war erleichtert, weil er nun legitime Gründe für seine Ablehnung hatte. Da auch der gesellschaftliche und moralische Abstand zwischen ihnen durch die Handlungen des anderen deutlich wurde, fiel es Beat wieder leichter, seine Stunden mit diesem Mann zu teilen.

Ab und zu versuchte er ihn loszuwerden, aber es gelang ihm nicht. Er merkte, daß es nicht nur an der Klettenhaftigkeit des anderen lag, sondern auch an seiner eigenen Unentschlossenheit. Vielleicht ahnte er, daß er sich selbst näher kommen würde, wenn er bereit wäre, die Gegenwart dieses Mannes auszuhalten. Meistens lief der Alte einen Schritt hinter ihm her, murmelte gelegentlich vor sich hin, fluchte über die Sonne am Mittag und schien auch nur dann eine Pause zu brauchen, wenn Beat Weider ohnehin anhielt. Als dieser einmal in einem kleinen Dorfmuseum verschwand, wartete der Fremde so lange draußen vor der Tür, bis Weider wieder herauskam und sie zusammen weitergehen konnten. Zwischendurch gab ihm der Mann zu verstehen, daß er Weider beschütze vor dem unlauteren Gesindel, das sie auf der Straße antrafen. Weider fand es ironisch, daß sich gerade ein Strolch als sein Beschützer sah, aber er sagte nichts und ließ sich alles gefallen.

Als es Abend wurde und die Hitze etwas erträglicher war, breiteten sie ihre Habseligkeiten wieder an einem Strand aus. Weider kochte eine Suppe aus dem unterwegs eingekauften Gemüse und lud den Fremden dazu ein. Dieser nahm sofort an, als hätte er nichts anderes erwartet. Schon beim Essen merkte Weider dem Alten eine zunehmende Unruhe an. Der verschüttete seine Suppe, zitterte und schwitzte mehr als vorher in der heißen Mittagssonne. Dann und wann kniff er die Augen zu, als versuchte er, etwas klarer zu sehen, seufzte und murmelte Worte, die Weider nicht verstand. Kaum waren sie mit dem Essen fertig, als der Mann wieder losziehen wollte. Weider hatte eigentlich vorgehabt, sich hier für die Nacht einzurichten, aber er gab nach und zog mit dem Mann fort. Schon nach kurzer Zeit kamen sie in ein kleines Dorf, in dem der Mann sich auszukennen schien. Er zog ihn in eine kleine Bar, die nicht mehr war als einige Stühle, die unter einem Wellblechdach standen. Es war nur noch ein anderer Gast zugegen. Dieser kehrte ihnen den Rücken zu und bewegte sich nicht. Wahrscheinlich starrte er auf das Zipfelchen Meer, das von hier aus zu sehen war. Im Hintergrund war das Dorf zu hören, die üblichen Geräusche von Menschen, die abends auf der Straße oder auf dem Dorfplatz miteinander reden und den kühleren Abend genießen. Sie bestellten, und ein Junge in einer schmutzigen Schürze, der nicht älter als siebzehn sein konnte, brachte ihnen ihre Drinks. Danach verschwand der Junge und ließ sich nicht mehr blicken, aber Weider vermutete, daß er von irgendwo die Tische beobachten konnte und schon darauf achten würde, daß sie nicht gingen, ohne zu zahlen.

Was dann geschah, erinnerte Weider an einen billigen Film, aber es geschah so direkt vor seinen Augen, mit einer erschreckenden Eindrücklichkeit, daß er sich dem nicht entziehen konnte. Der von ihnen abgewandte Gast begann zu sprechen, ohne sich umzudrehen. Er sprach undeutlich und gebrauchte viele kreolische Ausdrücke, so daß Weider ihn nicht verstand. Seine Stimme klang verbraucht und so, als käme sie von weit her. Es war eine unendlich müde Stimme, so müde, daß keines der Worte mit Ausdruck gesagt war. Nur die Stimme sprach, losgelöst von dem Sprecher. Dann hörte sie mitten im Satz auf, als wüßte sie nicht mehr weiter. Beats Begleiter war immer unruhiger geworden und antwortete nun dem Mann, der immer noch mit dem Rücken zu ihnen saß. Aus den Gesten der beiden entnahm Beat, daß man über ihn sprach. Schon nach ein paar Sätzen schien es zu einem Streitgespräch zu werden. Der einzelne an dem Tisch drehte sich dann blitzartig um, und Weider sah eine Wunde in seinem Gesicht, auf die er zeigte. Und dann waren auch schon Messer in den Händen der beiden Männer. Weider war wie gelähmt, konnte weder etwas sagen noch eingreifen und sah, wie die beiden Männer aufeinander losgingen, wobei ihm auffiel, daß sein Kollege der Angreifer war, während sich der Mann mit der tonlosen Stimme nur zu verteidigen schien. Das ganze dauerte nur einige Sekunden. Ein Tisch fiel um, ein Glas zerschellte, Worte wurden nicht mehr gewechselt, und die Straße blieb leer. Die beiden Kämpfenden waren durch einen Tisch getrennt, als der Fremde mit der Gesichtswunde sein Messer auf den Tisch legte, um anzudeuten, daß er bereit sei, mit dem Kämpfen aufzuhören. Aber entweder hatte Beats Begleiter diese Bewegung nicht gesehen, oder er wollte sie nicht sehen, denn im nächsten Moment sprang er mit einem Satz sein Gegenüber an und stach diesem in den Hals, traf die Halsschlagader, so daß dieser blutend zusammensank.

Dann geschah das, was Weider am tiefsten traf. Der Mann, mit dem er den ganzen Tag zugebracht hatte, kam zu ihm, gestikulierte aufgeregt, zeigte auf Weider, blieb aber dabei wortlos, als hätte er die Sprache verloren. Überraschend für Beat war, daß er in den Augen seines Gegenübers keinerlei Unsicherheit mehr sah. Die Schwäche des alten Mannes, des Herumlungerers, war wie weggefegt. Weider hatte keine Zweifel, daß der Mann ihm deutlich machen wollte, daß er, Weider, den Mord vollbracht habe und daß das Messer mit dem Arm nur das ausführende Organ gewesen sei. Weider spürte, daß die Augen des Mannes ihn sogar in diesem Schummerlicht total durchschauten, und er erkannte sich selbst einige Sekunden lang in den Augen, die ihn musterten. Er sah seine eigene Unzulänglichkeit, seine versteckte Brutalität, seine alles duldende Bürgerlichkeit, seine Ziellosigkeit, die er mit Geschäftigkeit zu verdecken suchte. Als wären ihm neue Augen gegeben, sah er nicht nur das, was war, sondern auch das, was möglich war. Einen Moment lang begriff er, daß nur die Umstände seines Lebens ihn vor sich selbst und seiner dunklen Seite gerettet und bewahrt hatten. Es war nicht ein Begreifen des Verstandes, sondern des

Herzens. Als er sah, und auch das war nur ein Aufleuchten einer nächtlichen Landschaft unter einem Blitz, daß er unter anderen Umständen ein anderer sein würde, da ertrug er diesen anderen, der er auch war, nicht und kehrte zurück zu der Welt, die er kannte. Nur das Bewußtsein, daß ihn feine, unerklärliche Fäden mit der Tat des Mannes verbanden, wurde er nicht sofort los. Ihn graute, und ohne zu zahlen stürmte er davon, nahm noch an dem Abend einen Bus nach Port-au-Prince und übernachtete dort in einem besseren Hotel und war fest entschlossen, die nächsten Flugverbindungen in die Schweiz, ganz gleich, was es zusätzlich koste, wahrzunehmen.

Als er am nächsten Morgen in Port-au-Prince früh zur Polizei ging, um zu melden, was am Abend zuvor geschehen war, nahm man zunächst seine Geschichte auf, machte dann einige Telefonate und versicherte ihm danach, daß am Abend vorher weder ein Mord noch eine Schlägerei, bei der jemand verletzt worden sei, in dem Dorf passiert sei. Der Polizeibeamte lachte ein wenig und meinte, er habe wohl etwas zu viel getrunken. Weider versicherte ihm, daß dies nicht so gewesen sei, aber der Polizist glaubte ihm nicht. So verließ er das Polizeigebäude einerseits entlastet, andererseits beschwert, aber nicht ohne vorher seine genaue Schweizer Adresse zu hinterlassen, komplett mit Telefonnummer und Vorwahl für die Schweiz und Bern, so daß er wirklich zu erreichen wäre, wenn es zu der Sache noch eine Nachgeschichte gäbe.

Das ist nun schon über zwei Jahre her, aber es hat sich niemand gemeldet. Manchmal wartet Weider noch auf Post aus Haiti. Letztes und dieses Jahr verlebte er seinen Urlaub nur im europäischen Ausland und buchte in beiden Ferien gute Hotels, besuchte Kunstgalerien und kulturhistorische Museen, rief zwischendurch bei seiner Schwester und deren Familie in Zürich an und hatte so das Gefühl, nicht so weit weggefahren zu sein. Er könnte, wenn er wollte, in weniger als vierundzwanzig Stunden wieder zu Hause in dem vertrauten Bern sein, sich oberhalb der Aareschleife hinsetzen und sein Leben verstehen.

Afrikas Kinder

Schon ein paar Tage nachdem die ersten Kinderleichen aus Afrika im Westen ankamen, waren die Medien voll von Geschichten. Es gab viele Gerüchte und Vermutungen. Millionen entsetzten sich, während ebenso viele Menschen begeistert reagierten. Wir bei unserer kleinen Zeitung haben sehr bald alles eingesetzt, um die Hintergründe dieser seltsamen Aktion zu erhellen und sachlich darüber zu berichten. Journalisten und Reporter in verschiedenen Städten Nordamerikas und Europas haben uns dabei geholfen. Wir haben versucht, die Wahrheit von den reißerisch aufgemachten Geschichten zu unterscheiden und ein klares Bild von dem ganzen Unternehmen zu bieten. Das Resultat unserer Recherchen bieten wir Ihnen hiermit an.

Begonnen hat es mit der Millionärin Debra Dare aus Los Angeles. Ihr Vater war ein bekannter Philanthrop, der jedes Jahr wenigstens zehn Millionen Dollar an Organisationen wie »Feed my People«, »Care« »Brot für die Welt« und »World Vision« gespendet hatte. Er starb voriges Jahr bei einem Flugzeugunglück in Afrika, wo er unterwegs war, um einige seiner eigenen Lebensmittellager zu inspizieren. Man schließt Sabotage bei dem Unglück nicht aus. Debra wurde Alleinerbin. Sie entschloß sich sofort, die Arbeit ihres Vaters fortzuführen. Sie hatte ihren Vater auf einigen Reisen in die Hungergebiete Afrikas begleitet und war aus erster Hand direkt mit den Problemen vertraut. Es war ihr auch nicht entgangen, daß selbst die großzügige Art ihres Vaters nicht mehr als ein Tropfen auf den heißen Stein dieser Not war. Es scheint, als wenn Debra sich nach dem Tod ihres Vaters für zwei Monate in die Wüste im Süden Kaliforniens zu einer Art Klausur zurückgezogen hat, um ihre weiteren Schritte zu planen. Was sie sich besonders wünschte, war eine größere Anteilnahme an dem Leid der Welt. Sie wünschte sich dies von ihren Mitbürgern in Kalifornien, in den Vereinigten Staaten und der gesamten Welt. Aber wie war das zu erreichen? Kurz nach der Klausur stellte sie dann einen Freund, David Schneider, offiziell ein. Zusammen mit ihm entwickelte sie den Plan, der in den Monaten darauf ausgeführt wurde und die westliche Welt so aufgeregt hat.

Soweit wir erkunden konnten, ist David Schneider mit fünfzig Mitarbeitern am 1. Oktober nach Kairo geflogen. Dort haben sie Gruppen zu dritt und viert gebildet und sind in andere afrikanische Städte weitergereist. Jede Gruppe hat dann in dem endgültigen Landeort kleine Busse gemietet und ist damit in die vom Hunger am schwersten betroffenen Gebiete der Region gefahren. Dort haben sie lokale Schreiner beauftragt, ihnen kleine Holzkästen zu bauen. Von denen wurden dann immer fünf Stück in die Busse geladen, und damit fuhr man zu den Verhungernden. Einer unserer Reporter hat mit einem der Mitarbeiter von David gesprochen. Hier ist ein Auszug aus dem Interview:

Interviewer: Wie ist es Ihnen gelungen, die Eltern von den gestorbenen Kindern dazu zu bewegen, ihre toten Kinder abzugeben?
David: Das war manchmal nicht leicht. Wir haben natürlich keinerlei Druck ausgeübt. In manchen Fällen haben die Eltern es auch nicht getan. Wir haben versucht, den Eltern durch Übersetzer zu erklären, daß sie ihr Kind für eine gute Sache hergeben. Viele haben kein Empfinden von der Größe der Welt und schon gar nicht von dem Überfluß im Westen. Wir haben ihnen gesagt, daß, wenn die Menschen in den Ländern, in denen es sehr viel zu essen gibt, nicht nur hören, daß sie hier verhungern, sondern es direkt erleben, daß sie dann vielleicht mehr Hilfe leisten und ihr Essen mit den Menschen teilen würden. Das konnten die meisten verstehen, und dann haben sie uns oft ihren toten Sohn oder die tote Tochter gegeben.
Interviewer: Stimmt es, daß Sie für manche der Leichen Geld bezahlt haben?
David: Nein. Ich weiß, daß man uns das nachsagt, aber das haben wir nicht getan. Debra Dare hatte uns allen Bargeld mitgegeben, das wir dann in verschiedene Währungen umgetauscht haben. Und meistens haben wir den trauernden Eltern dann entweder Lebensmittel oder Geld gegeben. Aber die Übernahme der Leiche und das Geschenk von Essen oder Geld waren immer zwei ganz getrennte Vorgänge.
Interviewer: Können Sie sagen, warum Sie diese ganze makabre Sache gemacht haben?
David: Ich finde sie nicht makaber, und diesen Vorwurf haben wir in Afrika von den betroffenen Menschen nie gehört. Wenn Sie es makaber nennen, dann

haben Sie nichts verstanden. Gehen Sie nach Afrika, und sehen Sie sich die Verhungernden an, und dann gehen Sie auf die Müllhalden der großen westlichen Städte, und sehen Sie, was dort jeden Tag angefahren wird, und dann sagen Sie mir, was makaber ist.

Interviewer: Denken Sie, daß Sie mit dieser Aktion etwas erreichen werden?

David: Ist das eine echte Frage oder nur die Frage eines Interviewers, der irgend etwas fragen muß?

Während David Schneider im September seine Mannschaft zusammensuchte und die Flüge nach Kairo und darüber hinaus buchte, hatte Debra Dare mit einigen Freunden eine Liste von Adressen zusammengestellt, an die diese seltsame Fracht gehen sollte. Darunter waren besonders viele Politiker auf National-, Landes- und Lokalebene. An jedes Parlament, an jeden Präsidenten, Kanzler und Premierminister in demokratischen Ländern war gedacht worden. Jeder Bürgermeister einer großen Stadt in Europa, USA und Kanada war auf der Liste. Auch an die Führungskräfte in der Industrie wurde gedacht. Es gingen auch Särge an bekannte Schriftsteller, Maler, Musiker, Schauspieler, Kirchenvorsteher. Sogar der Papst wurde nicht vergessen. Der Sarg war mit dem Aufkleber versehen »Nur vom Papst persönlich zu öffnen«, was natürlich nicht geschah. Auch an viele der großen, einflußreichen Universitäten wurde eine Leiche geschickt.

Kompliziert war der Versand dieser kleinen Kindersärge. Man hatte in Afrika Gebiete gewählt, in deren Nähe es Städte gab, die mit dem Rest der Welt durch ein Kuriersystem verbunden sind. Die Särge wurden also mit Federal Express, mit UPS und anderen Kurierflügen meistens innerhalb von zwei Tagen zum endgültigen Ziel befördert. Es ist nicht ganz zu verhindern gewesen, daß manche der Leichen zu riechen begannen. Dieses Thema wurde auf einer Pressekonferenz mit Debra Dare zur Sprache gebracht. Es folgt ein Auszug aus diesem Interview:

Interviewer: Miss Dare, fanden Sie es nicht geschmacklos, die Angestellten auf Flughäfen, bei Federal Express sowie UPS mit den schon stinkenden Leichen zu konfrontieren?
Debra Dare: Ich habe die Frage schon erwartet. Ich möchte in aller Schärfe auf sie antworten, auch wenn ich nicht weiß, ob Sie eine so deutliche Antwort wünschen. Wir hier im Westen sind so verwöhnt und dekadent, daß uns ein Geruch stören kann, während in einem anderen Land eine Mutter und ein Vater ein Kind verlieren. Wann werden wir begreifen, daß es Zeit ist, ganz anders zu denken? Ich glaube, die Zeit ist da, daß wir lernen müssen, uns wieder zu schämen. Wir hier im Westen leben isoliert in einer unwirklichen Welt, mit Fragen und Nöten, die ein Hohn für den Rest der Welt sind. Während zwei Drittel der Menschheit versucht zu überleben, streiten wir uns hier über lächerliche Fragen. Und wir tun das zum großen Teil auf Kosten dieser Armen. Wir beuten sie aus, und dann schützen wir uns vor ihnen, bis dahin, daß uns sogar der Geruch einer Leiche stört. Eigentlich sind wir hier im Westen die Leichen. Nur wir stinken nicht. Moralisch und ethisch sind wir Verwesende, aber weil wir alle Systeme in der Hand haben, weil wir lesen und schreiben können und weltweit die Medien bestim-

men, darum ist wenig über unsere korrupte und verwöhnte Art zu hören und zu lesen.

Ich bin bereit, mich als geschmacklos bezeichnen zu lassen, von Ihnen hier und der gesamten westlichen Welt, wenn ich dadurch Menschen das Leben retten kann. Ich versuche nicht Meisterin des guten Tons und des korrekten Benehmens zu werden. Das hat keinen Platz mehr in meinem Leben, und ich würde mich schämen, wenn ich mich durch eine solche Überlegung, oder durch ihre Frage, von meinen Handlungen, Leben zu retten, abhalten lassen würde.

Interviewer: Danke für die lange Antwort. Denken Sie, daß Ihre Aktionen etwas bringen werden?

Debra Dare: Ich bin manchmal Pragmatikerin und manchmal nicht. Natürlich wünsche ich mir, daß wir hier im Westen uns bewußter werden, daß wir zur ganzen Welt gehören und die ganze Welt zu uns gehört, und so lernen für die zu sorgen, die nicht für sich selbst sorgen können. Ich glaube auch, daß es etwas bringen wird. Ich glaube, daß es vielen schwerer fallen wird, sich die ganze Sache der Hungersnot vom Leibe zu halten. Aber selbst wenn es nichts bringen würde, so würde ich mich trotzdem in dieser Weise für Afrika einsetzen, weil ich sonst nicht mehr mit mir selbst leben könnte. Ich tue es darum auch für mich, um noch Mensch zu bleiben in einer Zeit, wo die Unmenschlichkeit kaum noch auffällt oder sogar zur Tagesordnung gehört. Ihre Art zu denken und zu fragen, ob es etwas bringt, ist also nicht mein Ansatz.

Interviewer: Sie wissen wahrscheinlich, daß dieses Interesse nur kurzlebig ist und daß die Menschen sich bald wieder von etwas anderem faszinieren lassen werden. Wie gehen Sie damit um?

Debra Dare: Ja, ich weiß das, und es macht mir zu schaffen. Aber ich will deswegen nicht schon aufgeben, ehe ich begonnen habe. Ich bin auch überzeugt davon, daß jede große Veränderung in der menschlichen Gesellschaft durch schier unzählig viele kleine Veränderungen vorbereitet und gestützt wird. In diesem Sinne leiste ich meinen Beitrag. Jeder, der durch unsere Aktion etwas begreift und dann handelt, trägt bei zur Veränderung der Welt.

Auf der sachlichen Ebene: Ich habe ein Institut gegründet, das wirklich unabhängig ist von irgendwelchen Regierungen und multinationalen Konzernen mit ihren geheimen, sehr zweifelhaften Zielen. Es wird sich damit befassen, wie man in diesen armen Ländern etwas aufbauen kann, so daß sich diese Völker selbst besser versorgen können und nicht immer wieder auf diese oft entwürdigende Hilfe von außerhalb angewiesen sind. Ich gewinne täglich neue Mitarbeiter für dieses Institut und habe große Hoffnung, daß diese Mitarbeiter neue Formen des Helfens und Begleitens entwickeln werden. Aber das wird Zeit brauchen, und das Umdenken wird nicht von heute auf morgen passieren.

Schon lange hat eine nicht-kriegerische Aktion die ganze Welt nicht mehr so aufgeregt wie diese. Als die ersten Kinderleichen eintrafen, waren zunächst die lokalen, dann aber bald die nationalen und internationalen Zeitungen, Radio- und Fernsehsendungen voll davon. Es gab Entrüstung und Entsetzen. Es gab Demonstrationen dafür und dagegen. Parlamente hatten es auf ihrer Tagesordnung, Psychologen debattierten es auf Talk-Shows. Pastoren und Priester wetterten dagegen und dafür. Sogar der Ku-Klux-Klan gab eine Verlautbarung von sich. Und natürlich beutete die Werbung Gedanken und Bilder aus dieser Aktion für sich aus.

Als Debra Dare bekannt wurde und Time, Le Monde und Der Spiegel sie interviewten und man wußte, wo sie wohnte, mußte sie umziehen. Sie wurde bedroht, und ihr Haus wurde von Brandstiftern angezündet. David Schneider verließ für einige Zeit die USA, und man sagte, er sei nach Nepal gegangen. Erstaunlich war, daß sich keiner der fünfzig, die mit David Schneider gearbeitet hatten, vermarkten ließ. Man sah sie weder auf Talk-Shows noch in Fernseh- oder Illustrierten-Interviews.

Erstaunlich ist auch, daß es schier unzählige Menschen gab, die sich bis zu diesem Einsatz der Not in Afrika nicht bewußt waren. In Zeitschriften, Zeitungen, in Radiosendungen und am Fernsehen treten seitdem immer wieder Frauen und Männer auf, die betonen, wie ihnen diese Sache die Augen geöffnet habe und daß sie dafür dankbar seien. Bei Umfragen kommt immer wieder heraus, daß meistens über 50 % der Befragten die ganze Sache gut finden, weil sie dadurch selbst etwas gelernt haben.

Es gab natürlich eine Vielzahl von Reaktionen auf die Leichen selbst. Hier soll nur eine Auswahl angeboten werden:

In Chicago meldete sich sofort eine schwarze Baptistengemeinde bei dem Bürgermeister, an den die kleine Leiche geschickt worden war. Da ein Mitglied der Gemeinde ein Beerdigungsunternehmen besitzt, konnte die Leiche dort erst mal kühl gelagert werden. Dann plante man ein großes Fest für diesen Jungen, der bis zu dieser Reise nach Chicago nie sein Dorf im Jemen verlassen hatte. Zu dem Fest (es ist später viel gefragt worden, warum man eigentlich ein Fest veranstaltet hatte, wo es doch um Hunger und Tod ging) wurden Hunderte eingeladen und Tausende kamen. Das Fest lief ein ganzes Wochenende. Der kleine jemenitische Junge wurde in einem Glassarg für alle sichtbar aufgebahrt, und um ihn wirbelte und feierte man. Den Kritikern dieses Unternehmens hat man versucht den Mund zu stopfen, indem man darauf hinwies, daß an den Tagen allein über eine Million Dollar für Afrika eingenommen oder zumindest versprochen wurde.

In Bonn hat man die Annahme verweigert, worauf sich Berlin sofort bereit erklärt hat, alle Kinder, die nach Bonn gegangen waren, zu übernehmen. Ein Berliner Künstler fertigte darauf eine Art Mausoleum aus Glas an, und in diesem werden zwölf Kinderleichen luftdicht abgeschlossen aufgebahrt bleiben, auf lange Zeit und für jeden zu sehen.

In Paris gab ein bekannter Schriftsteller, den die ganze Sache offensichtlich sehr berührt hatte, öffentlich bekannt, daß er einen Roman über das Thema des Hungers in Afrika schreiben werde. Hollywood ist dabei, einen Film zu drehen. Debra Dare hat keine Zustimmung zur Verfilmung ihres Lebens gegeben, und darum wird es um eine erfundene junge Frau gehen, die etwas Ähnliches tut. Die Hauptrolle soll Julia Roberts spielen. In Italien hat der bekannte Maler Marinetti eine Serie Radierungen von der Leiche eines kleinen Mädchens in einer Serie von hundert angefertigt. Man sagt, daß sie inzwischen zu Preisen von 100 000 Dollar aufwärts pro Stück verkauft werden. Der Maler verzichtet auf Geld. Der gesamte Erlös geht an eine der Organisationen von Debra Dare.

In Belgien und Luxemburg hat man auf sämtlichen großen Friedhöfen einen Sonderplatz für »Afrikas Kinder« eingerichtet. Man ist bemüht, das Bewußtsein von dieser Not in Afrika präsent zu halten und zu verhindern, daß es schnell wieder verfliegt und vergessen wird. Daher dieser permanente Platz im Leben jeder Stadt.

Die bizarrste Geschichte stammt aus dem amerikanischen Bundesstaat Georgia. Dort roch ein Fernsehevangelist mit einem zweifelhaften Ruf seine Chance. Bei seinem wöchentlichen, vom Fernsehen übertragenen Gottesdienst versprach er, die Leiche eines etwa sechsjährigen kleinen Jungen, der aus Somalia an die Regierung in Georgia geschickt worden war, zum Leben zu erwecken. Da dies zwei Wochen vorher schon angekündigt wurde, gab es eine Rieseneinschaltquote. Man vermutet, daß allein in den USA etwa 150 Millionen zugesehen haben. Sogar CNN war dabei, und damit war die Sendung dann in den meisten Ländern der Erde zu sehen. Der Pfarrer hielt erst eine tränenselige Ansprache über das Thema »God does not want us to suffer«, in der er immer wieder betonte, daß Gott Leiden nicht wolle und alles Leiden vom Teufel komme. Dann kam die Handlung der Totenerweckung. Man zeigte die Leiche, auf Eis liegend, ein erbärmliches Häufchen Unglück, eine Anklage an die gesamte Menschheit. Der Evangelist betete über dem toten Kind und bat dann, daß die Fernsehkameras, die auf das Kind gerichtet waren, ausgeschaltet würden. Als die vielen Millionen dann nach etwa zwei Minuten das Kind wieder zu sehen bekamen, bewegte es sich in dem geöffneten Glassarg, und es brach ein ungeheurer Jubel in dem großen Gottesdienstraum aus. Aber schon dort gab es einige, und um die ganze Welt waren es viele, die an dem Wunder zweifelten. Weder Journalisten noch irgend jemand anders wurde an das Kind herangelassen, und der Evangelist selbst stellte sich keinem Interview.

Inzwischen hat man Debra Dare für den Friedensnobelpreis vorgeschlagen, und ihre Organisationen, die sich um diese Aktion gebildet haben, haben in den ersten sechs Monaten fast 500 Millionen Dollar eingenommen. Dazu melden die meisten Hilfsorganisationen, die für Afrika arbeiten, eine Verdopplung der bei ihnen eingehenden Spenden.

Manche, die dieses ganze Unternehmen zuerst als geschmacklos und unmöglich angesehen hatten, haben ihre Meinung geändert, und kürzlich erwähnte der Generalsekretär der UN, daß ungewöhnliche Nöte ungewöhnliche und kreative Lösungen erforderten, wenn überhaupt ein Fortschritt gemacht werden soll gegen den Zynismus, der das Ende der Welt als unabwendbar sieht. Auch wenn er Debra Dare nicht direkt erwähnte, so schien er sie doch zu meinen.

Wir als eine kleine Zeitung sind überzeugt, daß Sie entweder schon zu Ihren eigenen Schlüssen gekommen sind oder noch kommen werden.

Nachwort

Dies sind Geschichten, die durch näheres Hinsehen entstanden sind. Nichts im Leben ist, was es beim ersten Hinsehen zu sein scheint. Immer wieder gibt es eine Wirklichkeit hinter der Wirklichkeit. Es sind Geschichten, die Vorhänge aufziehen, um etwas sehen zu lassen von dem, was das Leben zusammenhält und was es auseinandersprengt. Die Wahrheit liegt tiefer. Dabei geht es nicht nur um das Zarte und Vorsichtige, auch das Erschreckende und Verblüffende hat seinen Platz.

Über manchen dieser Geschichten liegt eine Unwirklichkeit, die für mich zum Leben dazugehört. Sie kommt als Zauber und als Erschrecken, als Einsicht oder als Dunkelheit. Immer ist nur ein Teil des Lebens faßbar, verstehbar und beschreibbar, aber auch der andere Teil ist da und wirkt hinein in unser tägliches Leben. Nur wenn wir ihn ansehen und annehmen, wird er uns nicht hinterrücks überfallen.

Ein Junge geht los und scheint nicht wiederzukehren. Die Eltern können es nicht akzeptieren und wehren sich dagegen. Werden sie ihren Sohn erkennen, wenn er wiederkehren sollte, oder wird die Rolle, an die sie sich gewöhnt haben, sie blind halten?

Die Geschichte »Die Raben des Herzens« führt in die dunklen Seiten unserer Seele. Unser Bewußtsein ist nur ein Teil unserer Psyche. Irrationale Kräfte,

Geheimnisse, die wir nur ahnen, konfrontieren uns mit den unbewußten Seiten unseres Wesens, und wir können uns ihnen stellen oder vor ihnen fliehen. Unsere innere Welt wirkt auf die Welt um uns, ob wir es wollen oder nicht.

Meine Liebe zu den Landschaften, in denen ich mich in meinem Leben wohl gefühlt habe, ist in die Geschichte »Fliegende Landschaften« eingeflossen. Schon oft habe ich gespürt, wie tief mich die Farben und Formen einer Landschaft geprägt haben, wenn ich mich ihnen aussetze und sie auf mich wirken lasse. Diese Geschichte ist Ausdruck eines Glücksgefühls.

Immer wieder geht es in diesen Geschichten auch um die Liebe in ihrer unterschiedlichen Gestalt. Eine Frau gibt ihr Haus im Osten auf, weil sie sich an den Verlust ihrer eigenen inneren Heimat erinnert. Ein junger Mann ist bereit zu töten, um ein schweres, langsames Sterben zu verhindern. Eine junge, reiche Amerikanerin greift zu ungewöhnlichen Methoden, um ihre Liebe zu hungernden Afrikanern auszudrücken. Ein Physiker versucht über seine Naturwissenschaft an neue Möglichkeiten zur Lebensbewältigung zu kommen. In der Geschichte »Die Landschaft der Seele von Vera F.« gelangt ein Psychotherapeut an die Grenzen seines Berufes und geht darüber hinaus, um einer Klientin zu helfen.

Mit diesen Geschichten wage ich konsequenter als bisher den Sprung in die erzählende Prosa. Ich habe das starke Bedürfnis, mein Schreiben auszuweiten und Formen zu entdecken und einzusetzen, die manche meiner Gedanken besser transportieren können. Gleichzeitig spüre ich auch, daß ich meiner Fantasie auf diese Weise mehr Platz geben möchte. Ich bin selbst gespannt, wie sie sich ausdrücken wird.

Ich danke Ortrun Kneifel, Hildegard Lemke, Helmut Lemke und Waltraud Schaffer, die als erste diese Geschichten gelesen und hilfreich kommentiert haben.

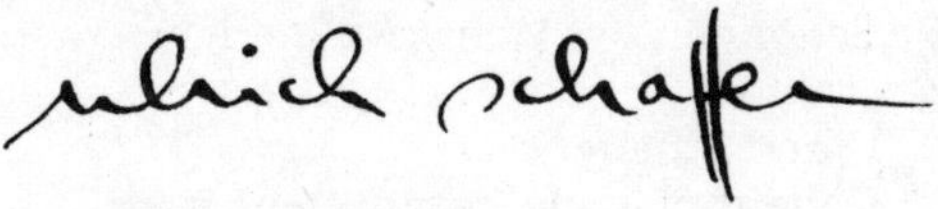

Eine Landschaft, die Rätsel aufgibt und zugleich die Welt erschließt.

Die wunderbaren Fotos in diesem Bildband stammen alle vom »Colorado Plateau« und dokumentieren die große Liebe des Autors und Fotografen zu dieser Landschaft. Er schreibt über seine Reise: »In einer mir fremden Landschaft entdecke ich neue Seiten an mir, die hellen und die dunklen. Ich merke, wie sehr ich an etwas hänge, wenn ich es nicht mehr habe. Oder wie ich mit meiner Sehnsucht umgehe, wenn ich sie für Momente durch die Schönheit der Welt gestillt erlebe.«

Ulrich Schaffer
Geheimnisvolle Zusammenhänge
96 Seiten, mit 40 farbigen Abbildungen, Hardcover

»Gerade jetzt wird meine Zukunft geboren.«

Die Zukunft eines jeden Menschen wächst aus der Spannung zwischen seiner Zerbrechlichkeit und Widerstandskraft. Diese beiden Pole, die nur scheinbar ein Gegensatz sind, hat Ulrich Schaffer zum Thema seines neuen Gedichtbandes gemacht. Verstärkt wird die Wirkung der Texte durch die eigens für dieses Buch geschaffenen Radierungen der Künstlerin Jadwiga Filipczyk.

Ulrich Schaffer
Zerbrechlich wie ein Mensch
Texte mit Radierungen von Jadwiga Filipczyk
96 Seiten, Paperback